오늘,
작은 발견

오늘, 작은 발견

아주 사소한 것들에 대한 애정 어린 기록

공혜진 지음

indigo
Story and mate

일상 속 작은 사물들이
내게 말을 걸어왔다

어느 가을날, 도로변에 줄지어 선 플라타너스들이 일제히 커다
란 잎들을 떨군 날이 있다. 때늦은 가을 태풍이 지나간 뒤라 인
도가 온통 플라타너스 잎들로 가득했다. 인도를 가득 채운 플라
타너스 잎들을 밟지도 피하지도 못하고 어정쩡하게 바라보고
있는데 그때 바람에 차도로 잎 하나가 빨려 들어갔다. 그것을
보던 나는 나도 모르게 크게 소리를 질렀다. 바람 때문에 일찍
떨어진 나뭇잎들을 보며 나무 걱정을 하는 순간 이미 나는 나뭇
잎과 연결되어 버린 것이다.

순간순간 우리는 많은 것들과 함께 감정을 나눈다. 상대가 꼭
사람이어야만 감정을 나누는 것은 아니다. 지하철 안 신발 아래
떨어진 작은 단추와 눈을 맞추면서도, 누군가가 쓰던 길이 잘
든 지우개를 주워 올리면서도 감정을 나눌 수 있다. 길이 잘 든

지우개의 표면을 만지며 어린 시절 내가 좋아하던 지우개를 들고 있던 순간을 떠올리기도 하고, 그 시절 내가 좋아했던 친구의 얼굴을 떠올리기도 한다.

길 위에서 사물이 말을 걸면, 잠시 멈춰 서서 발견해주고, 다양한 공상을 하며 그 이야기에 기꺼이 답한다. 자꾸 땅으로만 눈을 떨구게 되는 힘 빠진 날, 길에서 주운 얌체공에 그려진 얼굴의 표정을 보며 피식 웃어 버릴 수도 있다. 나와 상관이 없다고 생각하면 정말 의미가 없는 존재 같지만, 곁을 조금 내주면 무엇과도 감정을 나눌 수 있다.

나는 지난 몇 년 간 길을 다니며 땅에 떨어져 있는 것들을 주워 사진으로 남기고, 그와 관련한 이야기들을 기록하는 작업을 진행했다. 처음 줍기 시작할 때는 무엇을 줍게 될지, 무엇을 이야기하게 될지 알지 못 한 채 결과에 대한 어렴풋한 그림조차도 없이 그저 하루하루 보이는 것들을 주워 모았다. 무언가 쓸모없어 보이는 행동을 매일 조금씩 쌓아가는 것. 처음에는 그게 좋았다. 그렇게 하루하루가 쌓이고 시간이 흐르면서, 그 사이에 길에서 무엇인가를 들어 올리는 순간의 나와 누군가의 이야기가 담겨있던 길 위의 물건들 사이에서 새로운 이야기가 생겨났다.

길 위에서 만나게 되는 것들은 완전체이기보다는 본체에서 떨어져 나온 일부분이어서 상처가 있거나 크기가 작은 경우가 많다. 평소라면 그것 자체에 눈길을 주거나, 따로 떼어서 바라볼 필요가 없었던 것들이 대부분이다. 그렇다. 길 위에 있는 것들은 대개 사연이 있는 것들이다. 그러니 어쩌면 쓸모없고 의미 없어 보이는 것일수록 더욱더 자세히 바라봐야 하는 것인지도 모른다.

길 위에서 줍고 모으며 누군가의, 무엇인가의 부분이었던 것들을 바라보며 나의 순간들을 내주었다. 이제 주운 것들을 바라보면 그 안에 나의 순간들이 겹쳐 보인다. 그렇게 우리는 사연이 많은 사이가 되었다.

_ 공혜진

차례

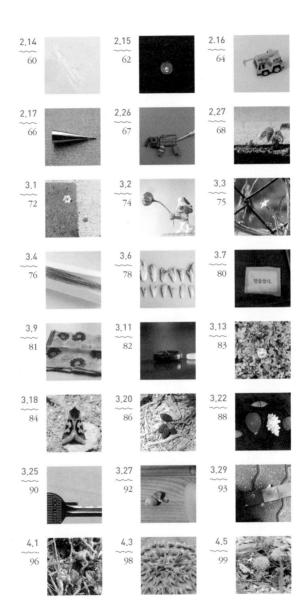

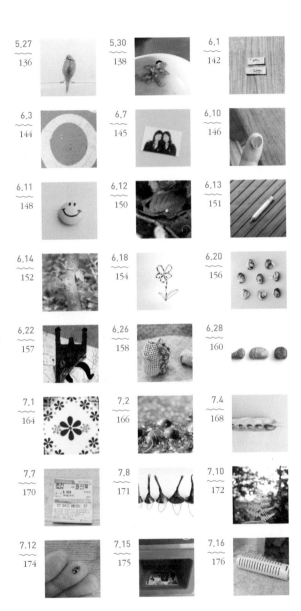

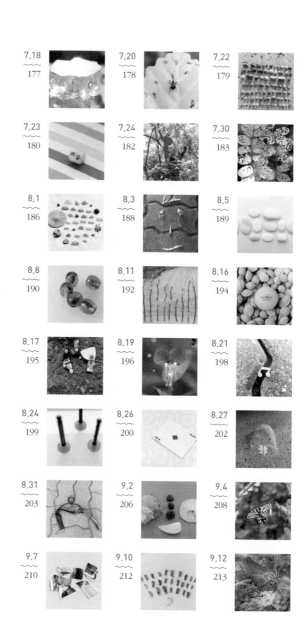

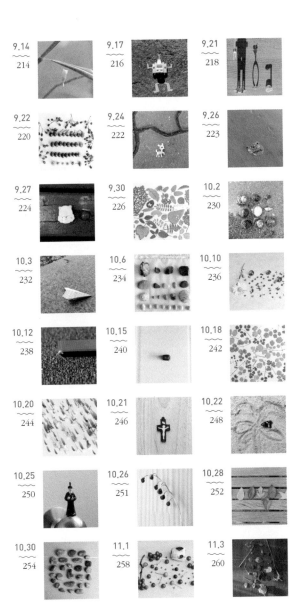

눈에 '잘' 보이는 것만이
전부는 아니니까.

소소하고 사사로울수록

그런 조건을 갖추고 있으면서도

눈에 쉽게 띄지 않을 작은 사이즈일수록

획득물은 더 유니크하고 값진 것이 된다.

1
月

올 한 해도
잘 부탁합니다

걱정 인형

한 해의 첫날,
과연 길은 무엇을 내게 내줄까?

집을 나서는 순간부터 궁금했다.
어제 걸었던 길과 같은 길을 걸으면서도
한 해의 처음이라는 색안경을 끼고 봐서 그런지
돌멩이 하나도 어제의 것과 다른 것 같다.

'처음'이라는 이름에 걸맞은 것을 주워야 한다는
의미를 두어서인지 두 눈에 저절로 힘이 들어갔다.
이 정도의 집중력으로 매일매일 줍는다면
길에서 주워온 것들에게 집을 내줘야 할 처지가 될지도 모른다.
그렇게 생각하면 한 해의 첫날이 하루인 것이 다행인지도 모른다.
떨어진 동전을 찾는 사람 마냥 주변을 두리번거리면서 걸었다.
길가 화단으로 눈길을 돌리다 마른 풀숲 사이서
노란 실뭉당이를 보았다.

들어 올리고 보니 실뭉당이의 정체는
실을 감아 만든 걱정 인형이다.
인형에게 걱정을 말하고 머리맡에 두고 자면
나를 대신해 걱정을 해준다던 인형.
첫날부터 눈에 힘을 주고 걸은 보람이 있다.
올 한 해도 잘 부탁합니다.

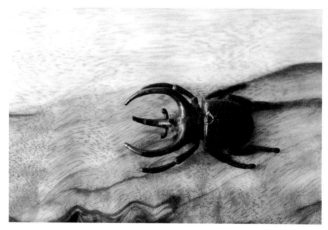

생각지 못해서 더 반가운 만남

사슴벌레

건널목 신호등의 불을 주시하며
빠른 걸음을 걷는데 몇 미터 앞 저만치에서
검은색의 무엇인가 반짝였다.
금속 조각일 거라고 생각하며 다가섰더니만,
사슴벌레의 등껍질에 앉은 햇빛이다.

겨울의 한복판에 어인 일인가 하고
들어 올리니 플라스틱 모형이다.

생각지도 못했던 풍경이
일상이라는 공간에 숨어 있다
불쑥불쑥 나타난다.

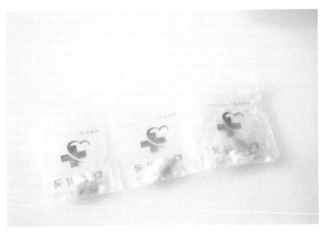

효능은 밝혀졌다!

약 봉투

슈퍼를 가는 길에 아파트 상가에 있는

약국의 이름이 적힌 약 봉투를 주웠다.

그리고 동네 정육점에 들렀는데

계산대 옆에 똑같은 약 봉투가 있다.

얼핏 보기에도 속에 들어 있는 알약 색이 비슷하다.

아마도 고기를 써는 아줌마 옆에 앉아

코를 훌쩍이고 있는 아저씨의 약일 게다.

약국을 가지 않고서도

약의 효능이 밝혀졌다.

같은 동네에 사는 사람들은

감기에 걸리면 같은 약을 먹겠구나…….

아스파라거스 잎

살아 있는 것과
그렇지 못한 것

어릴 때 집에 있던 화분 중에 한두 개쯤은 꼭 있었던 단골 식물.
다른 식물들과는 달리 실 같은 잎이 예뻐서 유난스레 좋아했다.
화분 주변에 떨어진 잎이 있으면 모아 책갈피에 넣어두곤 했었다.
(물론 먹는 아스파라거스와는 다른 종이다.)
겨울 골목길에서 만난 반가운 아스파라거스는 '조화'다.

집에 돌아와 어릴 적 기억을 더듬어 이름을 찾아보면서 문득,
조화지만 생화와 이름이 같다는 것이 애잔하게 느껴졌다.

조화와 생화의 이름을 달리 지어주었다면 어땠을까?

겨울이
주는
선물

눈사람

눈이 쌓인 나무를 털어 찾아낸
마른 잎과 열매는
눈사람의 눈코입이 된다.

눈이 오면 눈사람.

25

고민이 될 때는 망설이지 말 것

분홍 인형 신발

아침에 눈을 뜨고 한참을 망설였다. 분리수거 날, 다음 주로 미루고 잠을 더 잘까 고민하다가 결국 잠이 깼다. 아파트 분리수거 날은 사실 놓치면 아쉬운 날이다. 사람들이 버린 것들을 공식적으로 모으는 날이기 때문이다. 이불을 박차고 일어나 구경하다 들어오는 길, 분홍색 작은 조각이 보였다. 줍고 보니 콩만한 크기의 인형 신발이다. 몇 걸음 뒤에 한 짝이 마저 나왔다. 새벽의 횡재다. 인형이 버려지면서 신발을 벗어두고 간 건가……. 으스스하기도 했지만, 그런 걸 따지기엔 신발이 너무 예쁘다.

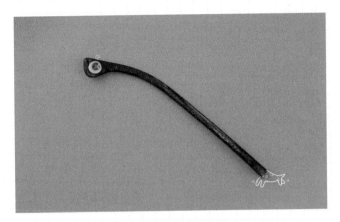

여전히 그 자리에

눈과 안경다리

어제 봤던 안경다리 하나가 여전히 같은 자리에 있다. 무슨 마음이었는지 줍지 않고 그냥 지나쳤는데 그 자리 그대로 있다. 하루 동안 얼마나 더 밟히고 차였는지 얼핏 봐도 어제보다 상처가 많다. 그렇다, 몸이 많이 상했다. 처음 길에서 스친 상대였는데 하루 사이에 안부를 걱정하는 사이가 된 거다. 눈이 마주치는 순간 모든 것을 결정해야 하기에 길 위의 사물들과의 눈길 한 번은 사람 사이에서는 어쩌면 며칠, 몇 달의 인연과 같은 값인지도 모르겠다.

'괜찮아'의 또 다른 말
'괜찮지 않아요'

손상 부위, 손상 없음

'손상 부위'를 줍고 몇 걸음 걸으니 '손상 없음'이 나왔다.
손상 부위까지는 알겠는데 손상 없음은 어쩐지 이상하다.

손상 없음은 말하지 않아도 알 수 있는 건데
굳이 손상이 없다고 붙여야 하는 걸까?

누군가 '괜찮다'고 여러 번 강조해서 말했을 때
그 속을 들여다보면 오히려 괜찮지 않은 경우가 많은 것처럼,
이제 '손상 없음'이 붙어 있는 것이라면 그게 무엇이든
정말 다친 곳이 없는지 더 세심하게 살펴보게 될 것 같다.

나에게만은 보석이 되어 줘

길 위의 자수정

누가 봤다면 진짜 보석을 주웠는지 알았을 것이다.
땅만 보고 다닌 지 얼마 만에 길에서
이렇게 커다란 보석을 찾았는지 모르겠다.

보라색이니까 자수정인가?
길이 주는 자수정,
진짜인지 아닌지 그런 건 안중에도 없다.

길에서 주웠으니
어차피
30 내겐 다 보석이다.

작은 월척을 낚다

물고기

동네 골목길에서 맨손으로 물고기를 잡았다.
그것도 화려한 노란색 물고기!

그물, 낚싯대도 필요 없는 맨손 낚시꾼.
두 손가락으로 들어 올리고는 소리쳤다.

작아도 월척!

연결 단자

나만 아는
발견의 짜릿함

며칠 전 흰색의 플라스틱 조각을 주워와서
책상 위에 두고는 시간이 날 때마다
무엇인지 추리하곤 했다.
한참을 바라봐도 무엇인지는 모르겠고,
어쩐지 전자제품의 부품 같다고만 결론 내렸다.

저녁때 부엌의 등이 꺼져서
새 전구를 들고 등을 열어 보니
그 안에 같은 것이 들어 있었다!

등을 갈다가 너무 신나서 춤을 췄다.

겨울 수박

좋은 기억을
저장해두고 사는 일

"수박!"

한겨울 길 한복판에서
나도 모르게 '수박'이라고 외치고는
상황이 재미있어서 멋쩍게 웃었다.
수박을 손에 쥐고 웃는데
마침 겨울바람이 매섭게 불어
눈에 눈물이 고였다.
컴퓨터에서 저장 버튼을 누르듯이
몸의 모든 감각들을 동원해서
볼에 닿는 온도, 바람의 감촉,
몸의 떨림, 눈에 고인 눈물을 통해
보고 느낀 겨울 장면들을 기억 속에 저장했다.

가장 더운 여름날,
수박을 들고
이 순간을 떠올릴 것이다.

어떤 사람의
주머니 속 물건이었을까?

볼펜 심

볼펜 심을 가게에서 사본 지는 까마득하다.
문구류를 좋아해서 여러 블로그를 다니며
사용기를 살펴보다 궁금한 것은 찾아
써보기도 하지만 생각해보니
볼펜 심을 만져본 기억이 근래엔 없다.
친숙한 상표의 볼펜 심을 줍고서
한동안 주머니에 넣곤 만지작거리며 다녔다.

어떤 사람이 이것을 잃어버렸을지 궁금하다.
양복 안주머니에 자른 달력 종이를 가지런히 묶어서 다니시며
시시콜콜 일상을 기록하시는 할아버지의 것일지……
문구점에 들러 볼펜 심을 하나 사고
잔돈을 바꾼 아저씨일지……
시간이 날 때마다 문구점을 다니며 하나둘 문구류를 골라
수집하는 취미를 가진 학생의 것일지…….

볼펜 심의 주인은 누굴까 상상하며
주머니 속 바스락거리는 포장을
며칠째 만지작거리고 있다.

허재원, 홍해현

부르는 순간 '의미'가 되었다

바람에 길가를 구르는
분홍 종이를 발로 잡았다.
분홍 포스트잇 위에는
이름 두 개가 덩그러니.

허재원, 홍해현.

어디에
누구인지도 모를
이름 둘을
하루 종일 중얼거리며 다녔다.

소소하고 사사로워서
더 소중한

하트 곰

익숙하지 않은 낯선 캐릭터가 그려진
작디작은 사이즈의 액세서리.
들어 올리며 쾌재를 불렀다.

누군가가 이 작은 것을 골라서
가지고 다녔을 것을 상상하면
더욱더 의미가 있어진다.
자세히 봐야 알아볼 수 있는 작은 크기,
자신만의 취향으로 선택한 캐릭터,
그 얼마나 '개인적인' 물건인지.

소소하고 사사로울수록
그런 조건을 갖추고 있으면서도
눈에 쉽게 띄지 않을 작은 사이즈일수록
획득물은 더 유니크하고 값진 것이 된다.

하트 곰아!
나도 너에게 하트를!

나는, 이 도시의 여행자

나침반

정신이 쏙 빠질 정도로 사람이 많은
종로 3가 역 안에서 주웠다.
아마도 가방에 달았던 것이 떨어진 게 아닐까.

밖을 다니는 내내 장소를 옮길 때마다
주머니에서 나침반을 꺼내서 방향을 확인했다.
그러면서 해가 있는 방향을 계속 확인하게 되고,
바람이 불면 바람의 방향을 따져보기도 했다.

정신을 놓을 때마다
나침반이 방향을 잡아주듯 굴었다.
바람이 부는 방향을 따라 걸으니
저절로 여행자, 나그네가 된다.

늘 무언가를 줍고 기록하면서

본의 아니게 탐정 놀이를 하게 된다.

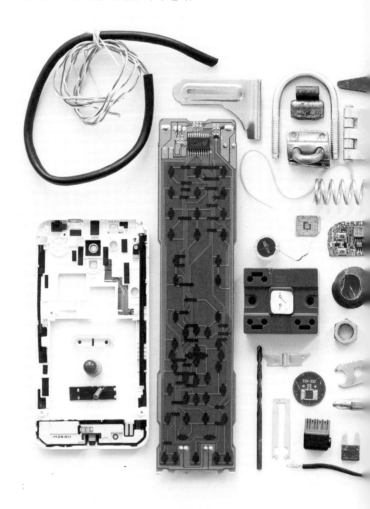

2
月

오리

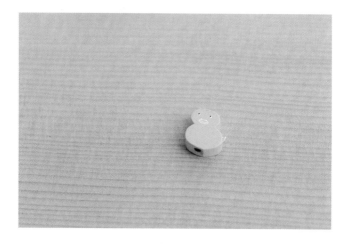

가끔은
거짓말 같은 일도

버스에서 내려 막 걸음을 옮기려는데
머리 위에서 소리가 났다.
고개를 들어보니 낮게 오리 두 마리가 날아간다.

유난히 낮게 나는 탓에 오리의 오동통한 배가 도드라져 보였다.
도드라져 보이는 배 때문에 다른 새들보다
날갯짓이 힘겨워 보인다.
그 모습이 어쩐지 배가 나온 요즘 내 모습 같다.
내가 새라면 오리겠구나…….
가늘고 긴 다리로 땅 위를 걷고,
커다란 날개로 하늘을 나는
두루미 같은 새가 아니라 오리겠구나.

구시렁거리며 몇 걸음 걷는데
거짓말처럼 땅에서 노란 조각이 보인다.

오리다!

'고마워' 껌 종이

고맙다는데 어쩌겠어

어쩐지 줍기 귀찮은 순간.
일단 지나치고도 선뜻 뒤돌아가지지 않는 순간.
그런 순간들도 가끔씩 찾아온다.
그럴 때면 땅이 어떻게 눈치를 챈 건지
나를 불러 세울 장치를 만들어둔다.

"이렇게 부르는데도
멈추지 않고 줍지 않고
그냥 지나칠 거야?"
라고 말하는 듯한 순간들이 있다.

그럴 때면
못 이기는 척하고 뒤돌아 줍는다.
고맙다는데 어쩌겠어.

조화

화려하지 않아도
충분해

지하철 옆자리에 졸던 이가 선반에 올려 있던
종이 가방을 잡아채듯 들고 내렸다.
순발력에 감탄하며 뒷모습을 쫓다
바닥에 떨어져 있던 연두색의 풀 뭉치를 보았다.
누군가 지나간 자리에 난 초록의 풀 뭉치.
지나간 자리에 발자국처럼 풀 뭉치가 자라나는
상상을 하니 근사하다.
애니메이션에 등장한다면 좋아하는 캐릭터가 될 것 같다.

다가가 집어 드니 '조화'다.
화려한 색의 꽃이 아닌
작은 잎과 줄기로만 이루어진
조화도 만들어지고 있다는 사실에
어쩐지 마음이 으쓱해졌다.

안경 상표

자세히 보니
새롭게 보인다

차를 마시고 일어나 바닥에 세워둔 가방을 들어 올리는 찰나,
가방이 있던 자리에서 작은 반짝임이 보였다.
일단 반사적으로 주워 겉옷 주머니에 넣고 카페를 나왔다.

집에 돌아와 주머니를 털어 반짝이는 것을 꺼내보니
쌀알만 한 금속 안에 무엇인가의 상표가 그려 있다.
잠자리에 들기 전 안경을 벗다가 안경다리 끝부분에
못 보던 빈 공간이 생긴 것을 본 순간,
벌떡 일어나 아까 주워온 쌀알만 한 금속을 확인했다.
카페 바닥에서 주웠던 것은 내 안경다리에서 떨어진
안경의 상표였다.

재미있다. 심지어 이젠 내가 흘리고, 내가 줍는다.

안경을 처음 보는 사람처럼 구석구석 한참 동안 보았다.
늘 지니고 있던 안경임에도 꼼꼼하게 바라보니
낯설고, 심지어 볼 것이 많다.
나사못의 모양도, 안경다리에 난 문양도
하나둘 눈에 들어오는 것이 숨은그림찾기가 따로 없다.

평소에 눈에 들어오지 않던 작은 것을 집중하고 바라보니,
게임에서 다음 단계로 넘어가는 퍼즐을 풀고
마침내 잠겨 있던 문이 열리는 것 같은 쾌감이 느껴졌다.

발아래 스마일

스티커

동네를 한 바퀴 돌고 집으로 들어가는 길,
어쩐지 발아래 뭔가 이물감이 느껴졌다.

길가 벤치에 잠깐 앉아 발을 들어
신발 바닥을 확인하고는,

나도 따라 스마일!

미안해요! 슈퍼 히어로

아이언맨

땅에서 얼굴이 보여 일단 주웠는데,
선뜻 누구인지 떠오르지 않았다.
슈퍼맨, 스파이더맨 이후로
영웅이 등장하는 영화를 보지 못해서인지
안면이 있는 동네 아저씨를
시내에서 만났을 때처럼 알쏭달쏭했다.
아이언맨, 미안!

얼룩 코끼리

나에게만큼은
너무나 멋진

누군가와 함께 걷다가 무언가를 줍게 되면,
그 순간부터 나도 모르게 정신의 반은 거기로 가 있다.
만약 주운 것이 맘에 드는 관심 품목이라면 더 말할 필요도 없다.
분명히 상대에게 티가 났을 것이다.
집에 돌아와 정신이 들면 그 사실이 미안해지곤 한다.

코끼리의 얼룩이 이상한 건지도 몰랐던 것을 보니
작은 코끼리 하나를 줍고서 어지간히 흥분했었나 보다.
아무리 내가 보기에 너무 멋진 것을 주웠다고 해도
적어도 다른 이와 있을 때는 주의를 해야겠다.

코끼리의 얼룩무늬를 집에 와서야 알아차리고선
이러다 주변에 사람은 없어지고
땅에서 주운 물건들만 있게 될까 봐 겁이 났다.

그러면서도
한편으론 진짜 코끼리가 있는 아프리카 사람들은
땅에서 무엇을 주울지 궁금해지는 나도 참…….

그런 시절

이름표

동네 작은 도서관을 오르는 길목에서 만났다.
중학생이나 고등학생의 이름표 같다.
그 시절 친구 이름을 부르듯
괜스레 이름을 몇 번 불러보기도 했다.

이름표를 보고 있으니
그제야 나도 교복을 입었으며
이름을 달고 다녔다는 생각이 났다.
나도 그런 시절이 있었지…….

그나저나 이름표의 주인은
학교나 집에서 혼 좀 났겠다.

비닐봉지 묶음 끈

길 위의 단서를 찾아서

'비닐봉지를 묶어 놓았던 끈'.

고리처럼 연결된 끈에
비닐봉지의 조각이 붙어 있는 것으로 보아
비닐봉지의 묶음을 어딘가에 매달아 놓았던 끈이었을 게다.

아파트 단지 입구의 마트 앞 주차장에서 주웠으니
아마도 마트 안 채소나 과일을 담으라고
매장 중간중간 매달아 놓았던 비닐봉지 같다.
누군가 봉지에 무언가를 담아 나오고,
주차장에서 그것을 차에 넣기 전
비닐 끝에 달린 끈을 보고 무심코 버린 것 같다.

늘 무언가를 줍고 기록하면서
본의 아니게 탐정 놀이를 하게 된다.
끈 하나를 줍고도
주변을 수사하듯 살피며 추측하게 된다.

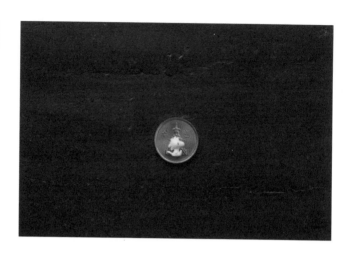

암시 효과

우드스톡

요 며칠 휴대전화로 스누피 게임을 했고,
스누피가 그려진 노트를 사용했다.
그랬더니 오늘, 길에서 개미만 한 우드스톡을 만났다.

실험을 해봐도 좋을 것 같다.
수집 활동에 나서기 전 미리 관심사를 정하고
관련 이미지들을 보거나 생각을 하면
나가서 그것과 연관된 것을 줍게 될 확률이
어느 정도로 높아지는지에 대한 실험 말이다.

사전 암시의 강도에 따라 수집 활동이
어떻게 영향을 받는지 궁금하다.

사전 암시의 영향이 아니라면
이 작디작은 크기의 우드스톡을
길에서 주웠다는 것을 설명할 방법이 없다.

미니 트럭

쉽게 얻어지는 것은
없는 법

지하철 앞자리에 어쩐지 내가 인공호흡을 하는 심정으로
셔츠 제일 위의 단추를 풀어줘야 할 것 같아 보이는
남자가 앉아 있었다.
흘끗흘끗 본 셔츠의 단추와 셔츠 위로 눌려 있는 목살.
그러다 몇 번 남자와 눈이 마주쳐 바닥으로 눈동자를 돌렸는데
그곳에서 노란색 플라스틱 조각을 보았다.

신발의 끈을 고쳐 묶는 연기를 펼치며 고개를 숙여
노란색 플라스틱 조각의 위치를 파악했다.
전철 좌석 아래쪽 소화기가 있는 구석에 박혀 있었다.
남자가 내릴 때까지 내리지도 못한 채
누가 가져갈까 마음 졸이다가 결국엔 손에 넣었다.

뒤돌아오는 전철을 타러 계단을 오르며
그냥 얻어지는 것은 없는가 보다고 중얼거렸다.

모든 것에는
이름이 있다

샤프 선단

길에서 줍는 것들은
무언가의 일부분일 때가 많아서
그것을 기록하다 보면,
정확한 명칭을 모를 때가 종종 있다.
이것도 주워와서는
무엇이라 부르는지 몰라
한참을 검색해서 알게 되었다.

샤프의 '선단'.
놀라운 사실은 일부 샤프는
휘거나 부러지는 것을 대비해
선단만 따로 팔고 있다는 것이다.
또 하나 배웠다.

각각 모여
무언가가 되었다

플라스틱 개미핥기

문구용 칼의 플라스틱 꼭지는 얼굴.
붉은 미니 레고 블록은 털이 난 몸.
전자기기의 솔은 꼬리.

외출 후 주머니를 탈탈 털어
주워온 것을 꺼내 합체하니 개미핥기!

사물의 눈높이에 맞춰서 보다

라이터 강아지

차들의 왕래가 많지 않은 오후 시간,
4차선 도로 옆 인도를 걷는데 앞으로
해가 떨어지는 장면이 보인다.
해가 멀리 건물 뒤로 넘어가기 직전 마지막 한줄기 빛이
땅을 뒹굴던 플라스틱 조각 위로 핀 조명처럼 비춘다.
다가서 주워 올리니 도대체 무엇인지 알 수가 없다.
초록색의 플라스틱 조각은 무언가의 일부분 같다.
플라스틱 조각의 느낌으로 볼 때
아이들이 즐겨먹는 청량과자의 부분이거나,
문구점에서 파는 작은 완구의 부분 같아 보였다.

바닥에 낮게 엎드려 눈높이를 맞춰보니
꼬리를 흔들고 있는 강아지의 형상이 보인다.
플라스틱 강아지!
무엇의 일부분인지 한동안 찾아 돌아다니게 될 것 같다.

자연스러움은
노력해서는
도달할 수 없는 경지.

3
月

새봄을 알리는 꽃송이

진짜 꽃, 가짜 꽃

5일마다 한 번 서는 전통시장.
사람들이 줄 서서 지나가는
복잡한 통로에 꽃 한 송이가 떨어져 있다.
아마도 누군가
계절을 앞질러 꽃을 보려고
장에 나온 김에 화분을 사서 들고 가다
꽃송이를 떨어뜨린 것이리라.

아직 차가운 기운이 도는
무채색의 시장에서
여린 색의 한 송이 꽃이라니…….
어쩐지 눈밭에서 만난
한 송이 복수초 같은 느낌이다.

장을 나와 걷는데
아이들 머리끈에 붙은
플라스틱 보라색 꽃 모형을 만났다.
양손에 꽃 한 송이씩을 들고
보고 있자니 둘이 닮았다.

봄은 꽃이
소식을 전해준다더니,
이제 봄이 오려나보다.

무언가를 기대하고 상상하는 일

나리 열매 깍지

산길을 걷다 보면 유독 새소리가 많이 나는
나무를 만날 때가 있다.
혹시나 궁금해서 한 걸음 다가가보니 거짓말처럼 조용해졌다.
눈이나 맞춰볼까 하고 뚫어질듯 바라보다
오목눈이새와 눈이 마주쳤다. 서로 놀라 한 걸음씩 물러섰다.
그러다 옆을 보니 나리 열매 깍지가 보인다.

새가 물어다 준 열매!
씨앗을 심으면 뭐가 열릴까?
너무 기대된다.

봄 속에서
크리스마스를 만나다

3월의 트리

낯별.
땅에 떨어져 있으니 별똥별인가?

대낮.
별안간 나타난 별을 주워서 걷다가
길가 철망을 타고 늘어진
마른 나팔꽃 줄기에 달아주었다.
그러고 보니 트리 장식 같다.

3월의 트리!

75

말린 참억새

자연이 선물한
근사한 기분

민들레 홀씨 같은 씨앗들이 겨우내 모두 떨어져 나가고
머리카락 같은 줄기만 남은 참억새.

씨앗까지 떨어져 나간 껍질 같은 참억새를
하나둘 모으고 있으면 사람들의 이상한 눈총을 받기도 한다.

그런 눈길에 당황하지 않은 척하며
산에 오르는 날이면 하나둘씩 데려온다.
데려온 줄기가 하나둘 모이면
가지런히 놓아 길이를 대략 맞춘 뒤,
종이로 돌돌 말아 고정시켜 둔다.

며칠 지나고 종이를 펴서 휘고 마른 줄기들이
곧게 펴져 있으면 그때 빈 유리병에 꽂아둔다.

참억새를 뒷산에서 하나둘씩 가져와
종이에 말아 곧게 펴는 일을 하고 있으면 근사한 기분이 든다.

잘은 모르지만 마치 몇 대 째 이어오는
장인의 수작업을 하고 있는 듯한 기분이 든다.

곧게 펴진 마른 줄기들을 가만히 바라보고 있노라면
오랜 수련의 과정을 거친 수공예품처럼 느껴진다.

아무리 노력해도
안 되는 일

배춧속

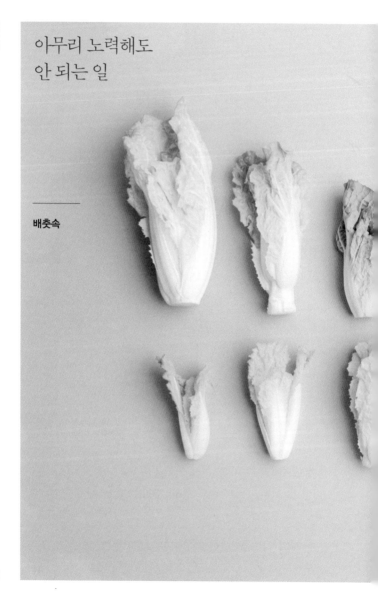

겨우내 먹던 김장김치가 지겹다던
엄마가 배추를 몇 포기 사 오셨다.
옆에 앉아 먹잇감을 노리듯 지켜보다가
배추의 가장 안쪽에 들어 있는 속은
김치에 넣지 않을 거라는 엄마의 말이
떨어지자마자
귀여운 배춧속을 챙겼다.

나에게 한 장 한 장 떨어진 배춧잎을 주고
조합해서 원하는 모양을 만들어보라고 한다면
원래의 모습이 주는 자연스러움을
따를 수 있을까?

자연스러움은
노력해서는
도달할 수 없는 경지.

만들었다 꼬리를

단어 카드

평소 잘 다니지 않던 육교의 마지막 계단을 올라서자
보상처럼 '만들었다'라고 적힌 카드가 있다.
신이 나서 앞에 넣을 단어를 중얼거리며 계단을 내려오니,
이번엔 '꼬리를'이라고 적힌 카드가 있다.
길에서 주운 카드 속 단어는 마치 처음 배우듯
새로워서 계속 되뇌게 된다.
집에서 늘 보던 것을 가지고 나와 길에 놓으면
어쩐지 모두 그럴 것 같기도 하다.
평소 외우기 어려운 단어를 적어 길에 뿌리고,
주우며 다니면 저절로 공부가 될 것 같다.

정체 모를 두려움

손수건

주차장 가운데 손수건이 한 장 떨어져 있다.
줍기 꺼려지는 것 중 하나가
이런 종류의 옷이나 천 같은 것이다.
아무리 줍기를 즐긴다고 하지만 돌돌 말려 있어서
펼치면 무엇이 나올지 위생 문제가 신경 쓰이는 것이다.
그래서 처음엔 외면하고 저만치 걷다가
자석에 끌리듯 쪼르륵 끌려가 단번에 확 들어 올렸다.

이러다 무언가에 크게 당할 날이 올 것만 같다.

길 위의 물건에도
신선도가 있다?!

단추를 발견하고 집어 들고는 크게 소리쳤다.

단춧구멍에 실이 보였기 때문이다.

그렇다면 이건 옷에서 떨어진 지

얼마 지나지 않아 신선하다는 표시 아닌가?

누군가의 옷에 연결되어 있던 실이

그대로 남아 뜨끈뜨끈했다.

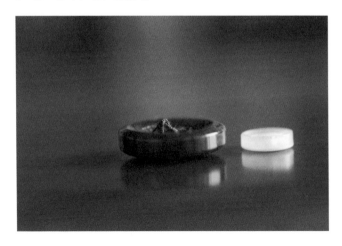

스마일 공

바닥까지 떨어져 봐야
위로 오를 수 있는 건지도 몰라

길가 화단에서 웃음소리가 들렸다.

다가가서 손을 내밀자

손에 튕겨 올라온 노란색 스마일 공.

땅에 떨어질 때마다

눈이 팽글팽글 돌면서도

좋아서 멈출 수가 없다.

땅에 몸을 힘껏 던져

다시 그 힘으로 위로 치고 올라온다.

끊임없이 위로 오르려고

자꾸자꾸 땅으로 떨어지는 건지도 모르겠다.

사슴 나방

길 위에서 만난
마성의 반전 매력

나방은 앉을 때 나비처럼 날개를 접을 수가 없다.
그래서 길이나 나뭇잎 같은 곳에 앉아 있는 것을 보면
땅에 붙어 있는 것처럼 보이기도 하고
망토를 두른 것처럼 보이기도 한다.

길 한복판에서 날개를 말리고 있는 나방을 만났다.
날개의 재질이 드라큘라가 입는 망토와 닮았다.
중학교 때 가장행렬에서 드라큘라 분장을 했는데
학교 과학실에 있던 커튼을 떼다가 망토를 만들었더랬다.
과학실 커튼 재질이 떠오르는 나방의 날개.

재미있게도 나방의 날개에 사슴 두 마리가 그려져 있다.
어쩐지 분홍색 매니큐어가 칠해진
격투기 선수의 수줍은 손톱을 본 느낌이다.

지나간 것에도
의미가 있음을

오리나무 열매

겨우내 나뭇가지 끝에 가득 달고 있던
오리나무의 열매가 이제 하나둘 떨어지기 시작한다.
아마도 오리나무가 봄을 맞을 준비를
하고 있는 것인지도 모르겠다.

작년에 맺은 열매들을 바로 떨구기 아쉬워서
겨우내 붙잡고 있다가
이제 올해의 싹들을 틔우려 보니
작년의 열매가 하나둘 눈에 보였을 테다.

작년의 열매를 떨궈내야
올해의 새잎들을, 새 열매들을
맺을 수 있을 테니까…….

바닥에서 열매를 주워들고
위를 올려다보며
나뭇가지에게 눈인사를 건넸다.

어떤 물건에는
마음까지 깃들어 있다

소포 속 물건들

소포가 왔다.
얼마 전 제주도에 다녀왔다는
지인의 소식을 들었는데
나에게도 콩고물이 떨어졌다.

흔히 볼 수 없다는 소철의 씨앗과 조개껍데기,
그리고 작은 돌멩이들.
소포를 열고 신나서 책상 위에 올려놓았다.

사실 매일 줍고 모으고 하는 것이 일이니
늘 보는 풍경이지만,
친구들이 전해주는 돌멩이 하나
나뭇잎 하나 머리핀 하나 같은 것은
유독 특별하게 느껴진다.

아무리 하찮은 것이라도
그것을 주운 사람의 무엇인가가
깃들어 있을 거라는 생각 때문이다.

열쇠

추억을 부르는 열쇠

열쇠를 보고 있자니
어릴 적 목에 걸고 다니던
현관문 열쇠가 떠올랐다.
액세서리처럼 자랑스럽게
달고 다녔던 기억이 있다.

고개를 숙여 목에 걸고 뛸 때마다
같이 뛰듯이 사방으로 퍼져가는
열쇠의 움직임을 보던 기억.
괜스레 실에 꿰어
목에 한번 걸어보고 싶어진다.

그러다 열쇠 주인을 만나면 어쩌나…….

파프리카 코끼리

어딘가 진짜 있을지도 모르는 이야기

흥부네 박도 아닌데,
파프리카를 잘랐더니
코끼리 한 마리가 나왔다.

알에서 나온 박혁거세처럼
파프리카에서 나온 코끼리로
설화를 만들어도 되겠다.

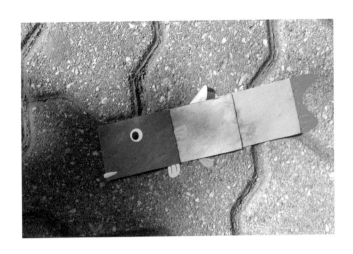

종이 물고기

아이들이 있어서 다행이야

아이들이 없으면 줍는 일은 재미가 없을 것 같다.
주울 때 색이나 종류가 다양해서
줍는 사람의 활기가 돌게 하는 것은 전부 아이들의 것이다.
주변에 아이가 없다고 생각하고 있었는데
다양한 방식으로 아이들의 영향권 안에 있다는 걸 깨닫게 된다.

물고기라고 생각하고 만든 거겠지?

모두 같지만
모두
다르다

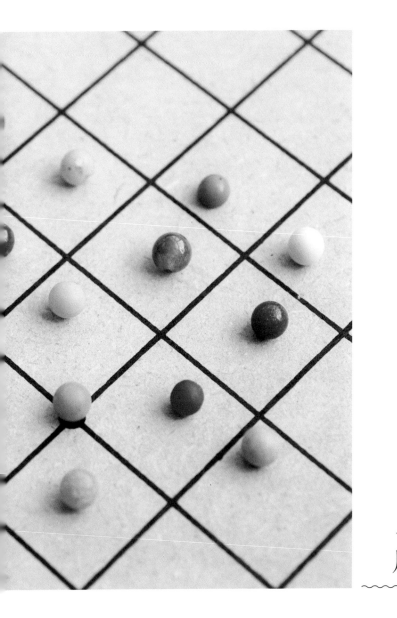

4
月

거짓말 같은 순간

거미와 스파이더맨

이맘때 방에 앉아 있노라면
문득문득 뒷산에서 만났던
제비꽃의 영상이 떠오른다.
그러다 보면 그냥 집에 앉아 있을 수가 없다.

'얼마나 대단한 걸 하겠다고
지금 아니면 볼 수 없는 제비꽃을 못 본 척하고
그냥 있는 거지?' 하는 생각이 드는 거다.
그러면 하던 일들을 일단 접어두고 뒷산으로 가게 된다.

해마다 찾아가 보고 있는
볕이 잘 드는 누군가의 무덤가로 가서
제비꽃 곁에 앉았다.
앉아 있어서 그런지 서 있을 땐 보이지 않던
작은 곤충들의 움직임이 그대로 느껴졌다.
그때 톡톡 튀는 듯 움직이는 거미가 눈앞까지 다가왔다.
순간 조금 전 산의 초입에서 주웠던
작은 스파이더맨 장난감을 꺼냈다.
거미와 스파이더맨이 함께 있는 장면을 만나다니!

거짓말 같은 순간.

목련 깍지

꽃처럼 시처럼

털 뭉치들이 바닥에 떨어져 있다.
다가서서 보니 목련 꽃봉오리를 감싸던 깍지다.
하나둘 모아 줄 세워 놓고 있자니
지나던 사람들이 들여다보며 한마디씩 남긴다.

"이제 꽃이 피려나 보네요."
"모아놓으니 꽃 같네."

한마디씩
남기는 말들이
시처럼 들린다.

땅이 꽃을 피웠다.
바람이 많이 부는 곳이라서 그런지,
사람들의 발길이 많아서 그런지,
민들레 줄기가 보이지 않을 정도로
짧게 꽃을 피워
마치 땅이 꽃을 피운 것 같이 보였다.

민들레

땅이
피운 꽃

몇 걸음 옆에서 주운
휴대전화 장식품 토끼와
같이 놓고 찍으니
응원할 때 쓰는 술로 보인다.

어렵사리 땅에 핀 꽃을
응원하는 토끼.

99

우연한 대가

미친척하고 오른쪽 다리를 긁는
손등을 찰지게 한 대 치고,
열차에서 내리고 싶을 만큼
집요하게 다리를 긁는 남자가
지하철 옆자리에 있다.

흰 칼

더는 못 참고 자리를 옮기려는 찰나
요란하게 긁던 남자가 갑자기 일어나 내렸다.
시원섭섭해서 빈자리를 흘겨보니
참아줘서 고맙다는 인사라도 남긴 듯
작은 플라스틱 흰 칼이 있다.
고맙다는 인사라기에는
'칼'이라는 게 조금 걸리지만,
그래도 일단 접수!

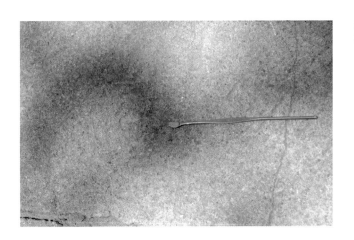

있을 수 없는
일은 없다

귀이개

귀이개를 길에 흘릴 수도 있구나!
귀이개를 땅에서 주우면서
누군가 귀를 파면서
걸어가는 모습을 떠올렸다.

아마도 며칠 전
걸어가면서 손톱을 깎는
아저씨를 만난 터라 그런 것 같다.
이러다가 길을 걸으며 이 닦는 사람을
만나는 것은 아닐지 모르겠다.

석모도 돌

모두 같지만 모두 다르다

바닷가에 도착하자마자
늘 조개를 잡으러 나왔던 사람처럼
익숙하게 가방에서 봉투를 꺼냈다.
그리고 바로 쪼그리고 앉아
돌에 시선을 고정시키고 작업에 들어갔다.

색이 예쁜 돌, 손에 쥐었을 때 느낌이 좋은 돌,
무늬가 있는 돌, 형태가 특이한 돌,
괜히 눈에 띄는 돌… 돌… 돌… 돌….

몇 해 만에 바다에 가서는
바다는 보는 둥 마는 둥 뒷전이고,
고개만 연신 숙이고 있다가
멀미가 날 지경이 되어서야 일어났다.

꽃비가 내리면 사람들은 취한다

벚꽃과 곰

바람이 불 때마다
맞은편에 오는
사람들의 표정이 달라진다.

바람이 불 때마다
벚꽃 잎이 하늘 나라 선녀님들이
뿌려주는 함박눈처럼 날린다.

날리는 벚꽃을 보랴
좋아하는 사람들 표정들 보랴
정신없이 눈동자를 돌리다가
바닥에 취해 쓰러져 있는
반짝이 곰 한 마리 발견.

곰도
사람도
꽃잎이 머리 위로 얼굴로
떨어지는데 어찌 제정신이겠는가.

꽃잎에
취하는 봄.

정체를 밝혀라!

파란 구슬

뒷산 정상 부근에서
흰여우의 꼬리 같이 핀 조팝나무를 보려고
다가가다가 파란 구슬을 발견했다.
꼬리 아홉 개 달린 여우가
정체가 탄로 날까 봐
물고 있던 구슬을 내 준 건가?

어릴 때 본 〈전설의 고향〉 속
구미호의 눈동자가 떠올랐다.

멀리서 그리고 가까이서

저만치 앞에 은색의 링이 햇빛에 반사되어
반짝이는 것을 보며 다가서는 내내 두근거렸다.

역 앞 교차 신호등이 있는 사거리에
평소 경찰차가 있는 것을 여러 번 봐온 터라
플라스틱으로 된 가짜라면
그렇게 반짝거릴 리가 없다고 믿었다.
같이 걷던 엄마는 보나 마나 가짜일 거라고 했지만,
못 들은 척 더 빠르게 걸어가 야심차게 들어 올렸다.

너무 가볍게 올라가는 손을 보며
실없는 웃음이 새어 나왔다.
당. 했. 다.

틈새 곰

눈에 보이는 것만이
전부는 아니니까

아이들 머리끈에 달린 것이라
생각하고 주웠는데 볼수록 청량 과자 같다.
주운 것만 아니면 입에 넣어보고 싶지만
차마 그러지도 못하고,
씻어보고 싶지만 빨간색이
녹아버릴까 봐 그럴 수도 없다.

청량 과자 80%, 머리끈 장식 20%의 확률이 있는 곰.
인도 벽돌 사이 틈에 솔이끼가 보여서
그대로 길에 앉아서 같이 찍었다.

집에 와서 모니터에 사진을 크게
띄워두고 보고는 어찌나 놀랐는지!
사진을 찍을 때만 해도 상상도 못했던
진딧물 한 마리가 보이고,
생각 없이 옆에 같이 세워둔
공룡은 풀을 먹고 있으며,
그 아래로 작게 민들레 씨앗 두 개가 있다.

눈에 '잘' 보이는 것만이
전부는 아니다.

숲에서 코끼리를 만날 확률

코끼리 뿌리

숲길을 걷다가
아침빛이 드는 자리에서
홀로 무대에서 단독 조명을
받고 있는 듯한 코끼리를 만났다.

나무가 쓰러지자
땅속에 있던 뿌리는
흙 밖으로 나와
코끼리가 되었다.

내게로 와서 다시 피었다

마른 수선화

이른 봄.
베란다에서 핀
화려한 수선화 덕에
눈이 호강했다.

꽃이 시들자
엄마는 화분을 정리하셨다.

구근은 다시 내년을
기약하며 모아지고,
쓰레기통으로 가려던
마른 꽃은
방문에서 다시 피었다.

그러니까 오늘의 숫자는 3

바람에 일렁이는 풀

바닥에 앉아서
바람에 살랑거리는
풀들을 보고 있었다.

땅에서 풀이 올라온 높이에 맞춰
낮게 고개를 숙이고 움직이는 풀들을 보다가
암호를 보내고 있는 풀과 눈이 마주쳤다.

풀의 신호는 '3'.

오늘은 뭘 하든 세 번씩 해야지……
만나는 사람에게 세 번 인사하고,
고양이를 쓰다듬을 때도 세 번,
과자를 먹어도 세 번,
사진을 찍을 때도 세 번……

옥색긴꼬리산누에나방

삶의 처연함은
가까운 곳에 있다

한참 먼 거리였음에도
녀석의 옥색 날개가 눈에 들어왔다.
'옥색긴꼬리산누에나방'이다.
생김새도 이름도 특이해서
단번에 외워버린 아름다운 나방.
어쩐지 산신령이나 선녀가 떠오르는 이미지의 나방.
나비나 나방의 죽음을 만나는 일은 그리 많지 않다.

그래서인지 곤충의 죽음을 만나면
나는 어떻게 해야 할지 모르겠다.

도로의 구석이나 건물의 후미진 곳,
더럽고 지저분한 공간에서
생을 마감한 옥색긴꼬리산누에나방.
옆에 철쭉도 커다란 흰 꽃을 땅에 떨구고 있다.
너무도 아름다운 것들이 다시 흙으로 가지 못하고
사람들이 만들어놓은 아스팔트 위에서 누워 있다.
처연함까지 느껴지는 풍경.

자신이 생활하던 그 자리 그곳에서
조용히 생을 마감하는 자연.
철쭉을 들어 나방에게
가만히 덮어주었다.

자세히 바라보면

다름이
보인다.

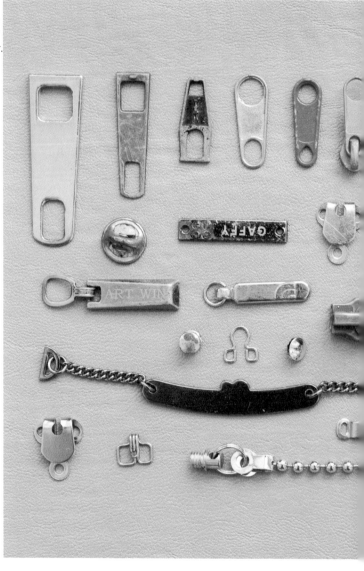

5
月
〜〜〜〜

상상만으로도 침이 고인다

사루비아

'누군가 꿀만 빨아먹고 버린 게 분명해……'.

길에 떨어져 있는 납작해진
사루비아 꽃송이 두 개를
들어 올리며 본 것처럼 중얼거렸다.

순간
입안에
단맛이 돈다.

꽃의 단장

거울

누가 버렸다고 하기엔
제법 큰 크기의
거울이 길가에 놓여 있다.

신기해서
가까이 다가가니
틈에서 난 제비꽃이
거울을 보고 있다.

이것이
말로만 듣던 꽃. 단. 장.

119

내 책상 위에는
뒷산이 있다

꿩의다리, 고사리, 싸리, 냉이

뒷산에서 주운
작고 반질거리는 돌멩이를 모아
손으로 만지작거리며 윤이 나게 하고,

역시 뒷산에서 데려온
잎들을 책 사이에서 꺼내서
돌과의 궁합을 맞춘다.

내 책상 위에는
뒷산이 있다.

오늘 채소의 기분은

분홍색 포스트잇 속 '야채'

야채
채소
분홍 야채
분홍 채소

하루키 산문집에서
'채소의 기분'이라는
단어가 마음에 들어 몇 번씩
제목을 소리 내어 웅얼거리곤 했었다.

그렇다면 오늘 채소의 기분은 분홍색.

벌레 먹은 아카시아

오늘 아카시아 잎의 표정은

아카시아의 어린잎은 너무도 귀엽게 생겼다.

내가 애벌레라면 예뻐서 한 번쯤은 먹어봤을 만큼 귀엽다.

동글동글 작디작은 잎들을 하나하나 보자니

애벌레들도 내 맘과 다르지 않은지 벌레 먹은 잎들이 많다.

그중 표정이 있는 잎이 있어 보고 있자니 궁금해진다.

저 잎은 아카시아 나무의 표정일까?

잎을 먹고 있는 애벌레의 표정일까?

토끼 머리끈

상상만으로도
그려지는 풍경

버스 정류장 앞을 지나다가 의자 구석에 뭔가 있음을 눈치채고
의도한 듯 자연스럽게 의자에 앉았다. 앉아서 자세히 보니 사탕
같이 달콤하게 생긴 아이 머리끈이다. 그런데 놓여있는 모양이
심상치 않다.

눈으로 본 것은 아니지만, 이상하게 눈에 선명하게 그려진다.
원피스를 입은 꼬맹이가 의자에 앉아 머리끈을 디스플레이 하
듯 원하는 위치에 배치했을 때, 엄마가 일어서고 놀란 아이는
엄마를 따라 벌떡 일어서 달려간다. 머리끈은 멀어지는 꼬맹이
를 바라본다.

빨간 구두

주인 없는 물건의
이야기를 상상하는 일

구두의 주인은
조금 전까지도
멈추지 못하는 춤을 추다가
구두 속의 다른 세상으로
사라져버린 것 같다.

가지런하게 놓여 있는
빨간 구두를 보고 있자니
어쩐지 빨려 들어갈 것 같이 느껴진다.

자세히 바라보면
다름이 보인다

회양목 한 잎

도시에서 건물과 도로,

인도의 울타리 역할을 하는 나무가 있다.

화려하지 않고 어느 곳을 가도 쉽게 볼 수 있어,

눈에 익은 만큼 사람들의 관심을 받지 못하는 '회양목'이다.

평소보다 아침 일찍 나와선지

사람이 드문 거리가 어쩐지 낯설게

느껴지는 동네의 회색 보도에서,

초록색 회양목의 작은 잎 하나와 마주쳤다.

집에서 보던 액자를 전시장에 두면 다르게 보이는 것처럼

길에서 흔하게 보던 수만 개의 회양목 잎들 중

하나를 길 위에서 보니 신비롭게 보였다.

눈송이를 현미경으로 확대해보면

모두 다른 모양이라지…….

거리마다 떨어져 있는

수만 개의 회양목 잎들도

모두 다르겠다는 생각이 들었다.

자세히 바라보면

다름이 보인다.

웃고 있는 장난감

생각지 못했어!
숨은 표정 발견!

집에 돌아와 모니터를 보고
깜짝 놀라 소리를 질렀다.

작아서 주울 때는 놓쳤는데
모니터에서 확대를 하고 보니
그 안에 표정이 숨어 있던 것이다.

작은 것이 주는
숨겨진 즐거움!

마른 아카시아 꽃

책상 위에
향기가 내려앉았다

아카시아 나무 아래 떨어진 꽃을 밟는 것이 아까워
하나둘 줍다 보니 한 손이 가득 찼다.

집에 데려와
책상 위에 줄을 세워두었더니,
그대로 말랐다.

벌이 좋아할 만하다.
향기가 책상을 채웠다.

토끼풀

토끼풀, 벌과 함께 춤추다

콩나물시루처럼 빛 하나 안 들어갈 만큼
빽빽하게 핀 토끼풀 군락지 앞에 앉아서
고개를 숙이고 진한 향기를 맡고 있자니…….

윙윙거리는 벌들의 빠른 움직임이 보였다.
그리고 그 사이사이로 보이는 토끼풀 꽃.
벌 날갯짓이 만든 장단에 맞춰 춤추는 토끼풀 꽃.

나는 아직 어른 아이

레고 망치

줍기에 있어서 희귀 아이템 중 하나인 레고 블록! 그중에서도
작고 작은 망치! 아파트 단지 보도블록 위에서 망치를 들어 올
리고는 싱글벙글 웃음을 참지 못하고 걸었다. 얼마쯤 걸었을 때
옆으로 아이들 몇이 뭉쳐서 지나갔다. 분명 옆으로 지나가며 아
이들이 흘린 말들 중에 '망치'란 단어가 있었다.

놀랐다.
내가 그 말을 듣고도 뒤돌아서 아이에게 주운 망치를
돌려주지 않았다는 사실에…….

나는 아직도 덜 자랐다.

사물의 본능

분무기

손잡이를 들고 몇 번 당겨보았더니 파란 액체가 나왔다.

액체를 담은 통도 없고, 액체를 빨아올리는 호스 부분도 없이 손잡이만 덩그러니 있음에도 액체가 나왔다. 물 밖으로 나온 물고기의 지느러미가 움직이듯, 땅에 떨어진 잠자리의 날개가 움직이듯, 머리만 남은 분무기에서도 파란 액체가 나왔다.

본능 같은 것일까?
사물의 본능.

붓꽃

꽃이 새가 되면 날 수 있을까

책장을 넘기다가
얼마 전 책갈피에
꽂아두었던
붓꽃 잎과 마주쳤다.

무심히 꽃잎에 난 무늬들을
눈으로 따라다니다가
새의 뒷모습을 찾았다.

연필로 발과 부리만
살짝 그려 넣었는데
그대로 새가 되었다.

꽃이 품고 있던 붓꽃 새.

사는 대로
생각하게 된다는 것

밥풀

아침을 먹고 일어서는 찰나
밥공기에서 숨 가쁜 소리가 들렸다.

들여다보니
쫓기듯 뛰고 있는
밥풀이 내는 소리다.
달리는 밥풀.

그러고 보니 내가 요즘 마음이 급한가 보다.
어젯밤에도 막차 시간에 쫓기는 꿈을 꿨다.

상황에 따라
보이는 것이
달라지는가 보다.

길 위에는 우리가 모르는
　　　다양한 신호들이 숨겨져 있는지 모른다.

THOMAS
& FRIENDS
© Gullane (Thomas) LLC 2007
Thomas the Tank Engine & Friends™

10
데미지

6
月

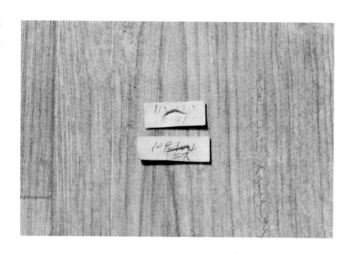

오늘은 어떤 물건을 만나게 될까?

세탁소 표시

파란색 종이 위에 숫자와 문자로 된 조합. 며칠 전 데려온 종잇
조각이랑 같은 조합이다. 줍기 법칙으로 정해놓은 내 자체 법규
에 필체가 보이는 종이는 무조건 줍는다는 규정이 있어서 작은
종잇조각이지만 데려왔었다.

종이의 크기도 같고 안에 숫자와 문자로 된 글씨도 같고, 내심 그 암호 같은 문자의 조합이 무엇인지 궁금했던 터라 나도 모르게 큰돈이라도 주운 사람처럼 소리쳤다.

집에 돌아와 며칠 전 주운 것과 나란히 놓고 바라보니 알겠다.

세탁소!

동과 호수를 적은 숫자와 맡긴 사람들이 주문한 세탁 기한이 적힌 문자의 조합이었던 거다. 매일 주워 들이다 보니 하나둘 나만의 줍기 법칙이 생겨난다. 주운 것이 무엇인지 모를 때는 일단 주워서 눈에 잘 띄는 곳에 놓고 눈에 익힌다.

그렇게 눈에 익히고 얼마 지나다 보면 그것에 대한 힌트의 역할을 하는 물건을 짧게는 그 주 안에, 길게는 몇 달 후에라도 만나게 된다.

물건이 물건을 부르는 것인지, 나에게 어떤 지속적인 암시나 신호를 보내는 것인지 모르겠지만, 그렇게 된다.

무엇을 만나게 될지는 모른다.
그저 매일 줍다 보면 질문들을 하게 되고,
답도 찾게 된다.

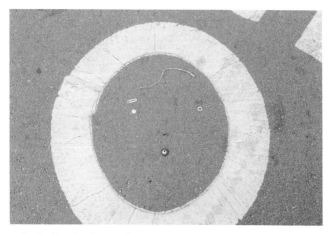

이상한 나라로 가는
비밀의 문

아파트 위층에서 누군가
시계를 던진 것 같다.
시계의 부품들이
바닥에 넓게 퍼져 있었다.
부품들을 모아
소방차 전용 주차 공간의
'방'에 모았다.

시계

이상한 나라로 가는
비밀 문을 만든다면
난 여기로 만들 테다.

영화 속
주인공
처럼

누군가의 사진

영화 〈아멜리에〉의 남자 주인공은

기차역에 놓인 즉석 사진기 앞에서

잘 못 나와 사람들이 찢어버린

사진 조각을 주워 모으는 취미가 있었더랬지.

커다란 앨범에 찢어진 사람들의

얼굴 사진 조각들을

하나하나 붙여서 모았더랬지.

길에서 사진을 주울 때면

영화 속 남자 주인공의 얼굴이 떠오른다.

누군지 모르는

사람의 사진을 보고 있으면

사진의 주인공이 뒤에서

보고 있을 것 같은 서늘함도 있다.

145

작디작은 것에
집중하는 순간

작은 잎

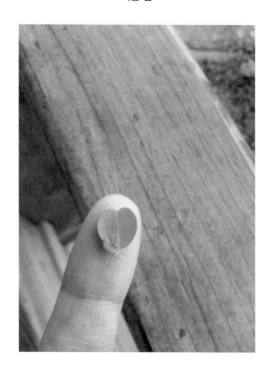

숲에서 바람이 불면 뜻밖의 순간을 만나게 되기도 한다. 손바닥보다 더 큰 나뭇잎으로 뺨을 맞을 때도 있고, 모자 위로 잎이 떨어지는 소리에 놀라 기겁하기도 하고, 가방 위로 살포시 떨어진 잎을 한참 뒤에야 발견하고 감탄할 수도 있다.

그리고 가끔은 모든 몸의 신경이 동물의 감각처럼 살아나는 신비함을 느낄 때도 있다.

마치 초고속 카메라로 보는 것처럼 작은 잎 하나에 모든 정신이 집중되어 떨어지는 순간을 느리고 자세히 보게 될 때가 있다.

수십만 아니 수백만 개의 나뭇잎 중에서 떨어지는 단 하나의 작은 잎에 집중해 다른 잎들은 그저 희미한 배경이 되고, 아주 작은 잎 하나가 천천히 천천히 나무 위에서 떨어지는 과정을 보게 되었다. 작은 잎은 날개를 단 듯 내려와 나무 아래쪽의 커다란 잎 위로 착륙하듯 내려앉았다.

손톱보다도 작은 잎에 집중하게 되는
신비로운 순간.

길 위에서 보내는
사물의 신호에 응답하다

부서진 스마일

길 위에는
우리가 모르는
다양한 신호들이
숨겨져 있는지 모른다.

한 사람이 태어날 때
그 사람이 살아갈
모든 힘들도 함께 생겨난다지…….

그처럼 평생 심심할 때 찾으라고
사람별로 배당된 숨겨진 일상의 보물들도
함께 태어나는지 모른다.

소풍의 백미, 보물찾기처럼
삶에서 각자 찾도록 배당된
심심풀이 보물들이 있는지도 모른다.

길에서 표정 신호를 주우며
나는 이렇게 숨은 보물을
찾고 있는지도 모른다는 생각을 했다.

마치 약속이라도 한 것처럼

개미와 씨앗

개미가 식물의 씨앗을 옮긴다는 것은 전설처럼 많이 듣던 이야기였는데 막상 그 장면을 눈으로 확인한 적은 없었다. 땅에 머리를 박고 바람꽃의 씨앗이 맺힌 것을 사진기로 찍고 있는데, 다큐멘터리 화면처럼 카메라 파인더 안으로 씨앗 하나가 걸어들어왔다. 배우는 개미다. 마치 미리 약속된 대본에 따라 연기하는 배우처럼 어떻게 그 순간에 맞춰 파인더 안으로 들어왔는지 신비롭다. 물론 개미는 남다른 연기 집중도로 카메라는 의식도 하지 않고 어두운 나뭇잎들 아래로만 들어가 버려서 몇 컷 찍지 못했지만, 한 장의 사진이라도 남았으니 너무 감사할 뿐이다. 괜스레 개미가 가져간 바람꽃의 씨앗을 나도 따라 한 알 따서 데려왔다.

눈을 감고 오감을 열고

몽당연필

연필을 집어올림과 동시에
어금니를 잘근거리며 씹는 시늉을 했다.
연필 전체에 고르게 씹힌 흔적이 있어
보는 순간 어릴 때 씹었던
연필의 치감이 떠올랐기 때문이다.

눈을 감고 잘근잘근 이를 부딪혀 보니
잊고 있던 어린 모습이 떠오른다.

오랜만에 연필 한번 씹어봐야겠다.

월계관 나무

스쳐간 풍경이
오롯이 기억에 남을 때

시내를 걷다가
옆으로 스쳐간 사람의 얼굴이
기억에 남을 때가 있다.
아마도 예쁜 것을 좋아하니
어딘가 마음에 든 부분이 있어서 일 것이라고
나름 원인을 분석했다.

같은 경우로
산을 걷다가도 스쳐간 풍경이
기억에 남을 때가 있다.
다만 산이어서 좋은 것은
그때그때 뒤돌아가서 사진으로
증거를 남길 수 있는 점이다.

월계관을 쓴 어린 산수유나무와 눈을 마주치고는
몇 걸음 지나쳐 가다가 뒤돌아가서 사진을 남겼다.

제비꽃 씨앗

나에게로 와서 꽃이 되었다

지난봄 산길에서 누군가 뿌리째 뽑아버린 제비꽃을 데려다가 화분에 심었더니 고맙게도 살아났다.

아침에 화분 옆에 앉아 있다가 바닥을 집었던 손바닥에 붙어 있는 씨앗 하나를 보았다. 안 그래도 며칠 전 제비꽃 열매가 여문 것을 보고 기다리고 있었는데, 밤사이 터졌나 보다.

화분의 제비꽃을 확인하니 열매 세 개가 터졌다. 그중 하나의 씨앗이 내 손에 잡힌 것이다. 그렇다면 그 안에 들어 있던 남은 씨앗들은 어디로 갔단 말인가? 화분 주변 바닥에서 씨앗 한 알 한 알씩을 찾아내 손가락으로 따라다니며 주워 올렸다.

놀랍게도 가장 멀리까지 날아간 씨앗은 화분과의 거리가 2m가 넘었다. 씨앗의 크기를 고려한다면 씨앗이 날아서 이동했다고 해야 설명할 수 있는 거리이다. 제비꽃의 씨앗은 익으면 난다.

주워 모은 씨앗들을 모아놓으니 다시 제비꽃이 된다.

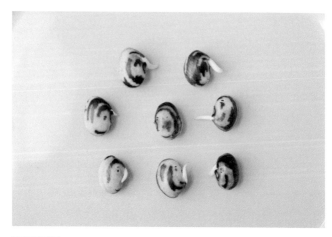

제비콩

사람의 시간, 콩의 시간

콩 고르는 엄마가 잠깐 자리를 비운 사이
빠르게 콩을 몇 개 집어왔다.
콩의 표정이 다양하다.
씨앗의 얼굴.

나이가 들수록 사람의 얼굴에
지난 세월이 나타난다지…….
콩의 얼굴에도 콩의 시간이 나타난 걸까?

싹이 난 콩을 한참 바라보고 있으니
할머니 얼굴의 주름을 보는 것도 같다.

엎어진 비닐봉지

너만 그런 게
아니야

유난히 무거운 발을
옮기며 집에 들어가는 밤.

나만 그런 게 아닌가…….
저만치 앞에 누군가 엎어져있다.

다가가니
검정 비닐봉지.

씨앗을 모아서 마음을 담아서

체리 씨앗

과일을 먹고 씨앗을 버리려고 할 때마다
마음에 걸리는 무언가가 있다.
새나 동물이 열매를 먹었다면
다시 자연으로 씨앗을 내주어 싹을 틔울 텐데……
먹고 쓰레기통에 버리고 있으니 찔릴 만도 하다.

체리를 먹고 씨앗들을 볕에 말려서
책상 위에 두고 바라보고 있다.
모두 심을 수 없는 상황이니
모아 자투리 천을 이어서
작은 주머니를 만들었다.

씨앗들을 모아 만든
씨앗 주머니.

가까운 곳에서 발견한
아주 먼 곳에서 온 것들

친구네 집 돌

친구네 집에 놀러 갔다.
마당 한쪽에 심은 식물들에게
물을 주고 있는 친구를 보니 어쩐지 근사했다.

그런데 그림과 같은 풍경을 깨며
반짝반짝 눈길을 끄는 것이 있었으니
마당 한쪽에 있는 자갈돌 길이다.
자리를 잡고 앉아서 조사해 보니
질감하며 색, 형태가 바다의 돌이다.

어느 바다에서 왔을까?
얼마나 많은 사람들의 동물들의 식물들의
자연의 손길을 거쳐서 이곳까지 왔을까?

친구네 집 마당에서
바다의 돌을 주워 가는 기분이라니…….
다음에는 하루 작정하고 가서 채집해야지.

일상에서 문득문득 비일상적인 순간을 만나곤 한다.

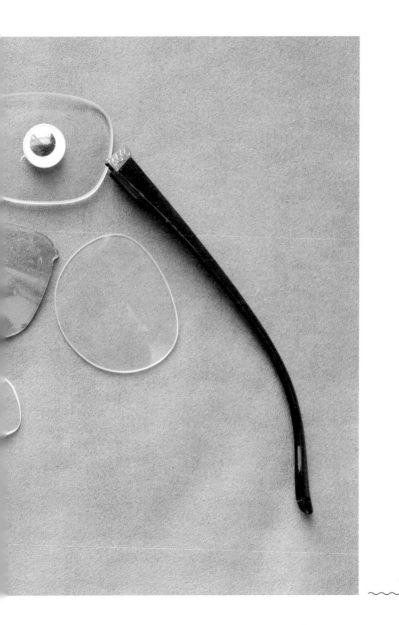

7
月

작은 금속 조각

길을 잃어버리고 마는
아이처럼

사람들로 붐비는 역 앞 버스 정거장 앞에 선 누군가의 발아래서 작은 반짝임이 보였다. 티 나지 않게 조금씩 다가서 보니 눈 결정 모양의 작은 금속 조각이다.

누군가의 신발 움직임에 그렇게 집중한 적이 있었던가? 금속 조각 부근에서 발이 움직일 때마다 고개를 이리로 저리로 기웃거리며 금속 조각의 위치를 확인하다가 버스를 향해 발이 사라지자 얼른 주웠다.

앗! 그런데 주우려고 고개를 숙이다가 앞에 서 있던 다른 이의 신발 아래에서 작은 반짝임을 하나 더 보았다. 하나를 주우니 몇 걸음 앞에 또 다른 구슬이 있고, 그 구슬을 주우니 앞에 눈 결정이 하나 또 있다.

그렇게 버스 정거장 주변을 돌아 눈 결정 두 개, 구슬 모양 두 개를 주웠다. 어쩐지 미끼에 홀려 유인장으로 들어가고 마는 강아지가 떠올랐다.

아이들이 길을 잃어버리는 것은 너무도 당연하다.

눈에 띄지 않아서 더 특별해

살구씨

장마가 시작됐다.

아파트 화단 살구나무 아래

보도에 떨어진 살구들로 요란스럽다.

비와 사람들에게 밟혀

옷을 벗은 살구씨가

물웅덩이에 동동 떠 있다.

유리병에 붙은 라벨 스티커를

아무런 흔적도 남기지 않고

단번에 깔끔하게 떼어내는 것처럼

살구는 씨와 과육이 말끔히 분리된다.

어쩐지 신기한 과일 같다.

맛도 색도 눈에

단번에 띄지는 않지만,

그런 묵묵함이

더 특별한 과일, 살구.

살구씨는 장마에 동동.

콩깍지

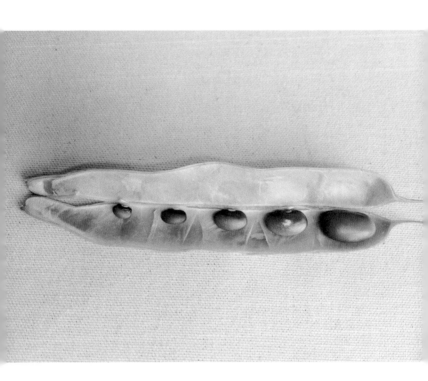

너의 모든 시간들

아무런 생각 없이 콩깍지 하나를 열고는
그대로 계속 바라보고 있다.
콩깍지 하나를 열었을 뿐인데
콩의 성장 과정이 모두 들어 있다.

마치 친구네 놀러 가서
친구의 두꺼운 앨범을
들여다본 느낌이다.

콩깍지 하나에
콩의 시간이
모두 다 있다.

신기하고도 대단한 인연

춘천 버스표

나한테 오려고

춘천에서부터

달려온 버스표.

일 년에 한두 번 갈까 말까 한

삼성동 길 가운데서 만난 것도 신기하고

며칠 동안 날 기다려준 것도 대단하다.

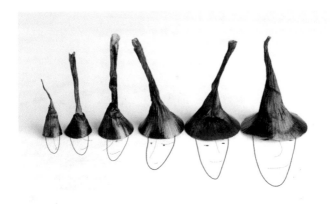

눈물을 부르는 마법사 모자

양파 꼭지

하수구에서 찾아낸
양파 꼭지 하나!

살살 뽑아내니
마법사 모자 여섯 개가 나왔다.

양파 모자를 쓰는 마법사라니……
모자를 쓰면 눈물 좀 흘리겠고만……

171

고사리 한 잎

해 질 무렵의
따뜻한 기분

해가 질 무렵
볕을 향하는 식물들을 보면
기분이 좋아진다.

그래서 해가 산 너머로
조금씩 내려가는 방향을 보면서
해 위로 잎을 겹쳐두고 바라보곤 한다.

그럼 기분이
따뜻한 물에
들어갈 때처럼
흐물흐물해진다.

완전하지 않아서
더 신비로운

무당벌레 날개 하나

풀숲에 앉아 멍할 때
마침 엉킨 실타래 같은 덩굴식물이 눈에 띄었다.
엉킨 실을 푸는 심정으로
눈동자를 굴리며 얽힌 덩굴줄기를 따라다녔다.
내기 사다리 타듯 눈으로 따라가던
작은 덩굴 끝부분에 무당벌레의 날개 한쪽이 걸려있다.

무당벌레의 날개 한쪽이라니
마법의 물약을 만드는 비법의 재료 같다.

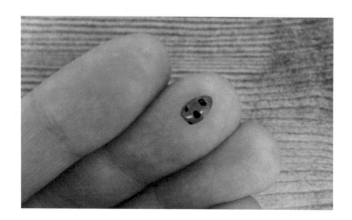

하늘에서 떨어진
교통비

교통 카드

막차를 타고 한참 졸다가
정신이 들어 자세를 고쳐 앉았다.
그리고 깨어있던 사람처럼 주변을 둘러봤는데
의자 가장자리에 카드가 보인다.
뒷주머니나 가방에서 빠졌는지 모르고 내렸을까?
개찰구는 어떻게 나갔을까?
역을 나오며 카드에 신호가 있나
궁금해서 확인해보니 6,350원이 남아있다.
누군가 제공한 여행 경비가 되는 건가…….
하늘에서 떨어진 6,350원어치 교통비.

잊었던 기억을 소환하는 물건

문 닫은 미장원 앞 버리려고 내놓은 짐 더미에서 몇 개 주워왔
다. 어릴 때 친척 언니가 준비하는 미용 시험 연습 상대를 했던
기억이 떠올랐다. 어찌나 총총하게 말았던지 바로 뺐는데도 다
음날 학교에서 만나는 모든 사람들이 원래 곱슬머리였냐고 한
마디씩 했던 기억이 있다. 그날의 내 머리의 곱슬 정도가 어찌
이 롯드의 굵기와 다르지 않아 보인다.

그나저나 롯드가 없었다면
엄마들 머리 스타일은
조금 더 다양할 수 있었을 텐데……

176

깨진 유리 조각

기대감을 주는 존재

하도 땅만 보고 다녀서 그런지 모르지만,

길에서 만나는 유리 조각은 유난스럽게 빛난다.

먼 거리에서도 빛을 받아 반짝이는 것을 보면

기대감에 두근두근하기까지 한다.

다가갔을 때 생각보다 작은 조각이면

실망하면서도 막상 조각을 들어 올려 바라보면

조각들이 모두 다른 형태를 하고 있어서 감탄하게 된다.

세상에서 가장 작은 미식가

거위벌레

주워갈 벌레 먹은 잎이 있을까 참나무 잎을 들여다보다 한참 식사 중인 거위벌레와 마주쳤다.

잎을 먹고 있는 모습을 보고 있자니 거위벌레는 어쩜 미식가일지도 모르겠다는 생각이 들었다. 작은 나뭇잎 한 장 안에서도 좀 더 입맛에 맞는 것을 찾으려고 이리저리 옮겨 다닌 것일지도 모른다.

그렇다면 그간 모으던 벌레 먹은 나뭇잎들은 미식가 곤충들의 흔적이었는지도 모르겠다.

보고 싶은 것 하고 싶은 일

바다 돌

새벽에 저절로 눈이 떠졌다. 바다에 왔더니 저절로 알람이 작동했다. 사람이 없는 바다 앞 모래에 앉아 맘껏 줍고 또 줍는다.

사실 바다에는 몇 분 눈길도 못주고 모래 위 돌에만 집중했다. 바다를 다녀왔다기보다는 모래사장을 다녀왔다고 해야 할 정도다.

둥글둥글 술렁술렁

몽당 지우개

둥글둥글
뭉실뭉실
몰랑몰랑
누군가 쓰던 지우개.

뾰족하고 각진 부분이 닳아
한번 손에서 놓치면
슬렁슬렁 멀게
굴러가 버리는 몽당 지우개.

누군가의
손에 익은
몽당 지우개.

공작새 조화

그 사람은
알고 있을까?

일상에서 문득문득
비일상적인 순간을 만나곤 한다.

동네 뒷산에서 전시장에 있을 법한
설치미술 작업을 만나다니…….
아마도 누군가 뒷산 묘지 앞에 있던
낡은 조화 꽃다발을
풀숲으로 던진 거겠지…….

꽃을 던진 이는 뒤돌아서 떨어진 조화를 확인했을까?
자신이 던진 조화가 공작새가 된 걸 알고 있을까?

벌레 먹은 나뭇잎

세상에서
가장 작은 대식가

미식가가 있다면 대식가도 있는 법.

자신이 다닐 수 있는 통로만
아슬아슬하게 남기고
모두 먹어버린 대식가 거위벌레.

바람이 불 때마다
온몸으로 바람을
통과시키는 나뭇잎이
어쩐지 몰려드는 일 때문에
기운 빠진 대박집 직원과 닮았다.

세상에 나온 지 얼마 지나지 않은

여린 가지들을 주위와 붕대를 감듯 실을 감아주었다.

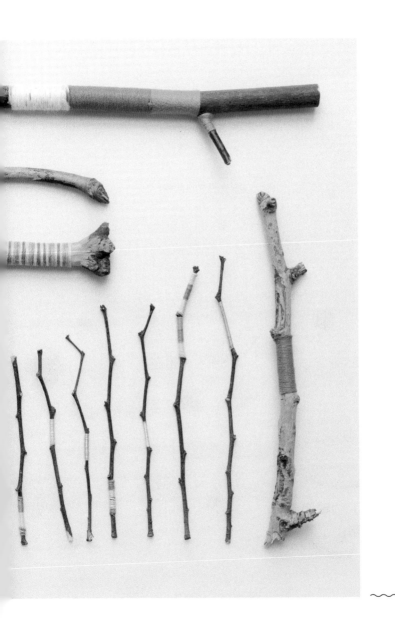

8
月

좋은 것을 함께 나누고 싶은 마음

파도가 준 조개껍데기

친구가 바다로 여행을 간다는
고급 정보를 입수하고는
사전에 조금씩 포섭 작전을 펼쳤다.
바닷가에서 만날 수 있는
조개와 돌의 사진을 보여주며
흥미를 유도한 다음 많은 품목들 중
몇 가지 집중해야 하는 품목을 정해주었다.

회유와 협박을 받아준 친구에게서 소식이 왔다.
당연히 예상하지 못했던 품목이 많았는데
내가 주웠을 때는 느끼지 못했던 새로운 맛이 있다.
소풍 가서 먹는 친구의 김밥 맛 같은 것이라고나 할까…….

분홍색 벚꽃 조개는 힘을 주어 잡으면 부서질 만큼 약하다는 것,
그래서 온전한 것을 줍기가 어려워 파도가 칠 때마다
파도에 하나둘 밀려오는 것을 주웠다는
얘기를 들었을 때는 흥분이 가라앉지 않았다.

주워본 사람만이 알 수 있는
그런 이야기를 다른 사람에게 들으니 신이 났다.
기쁨은 나누면 두 배라더니 줍는 것도 그러하다.

무슨 슬픈 사연이라도?

비비추의 눈물

요란한 소나기가 내린 뒤
동네를 걸으니
땅에 비비추 꽃들이 떨어져 있다.

무슨 사연인지
비비추가 울고 있다.
땅이 젖어 있다.

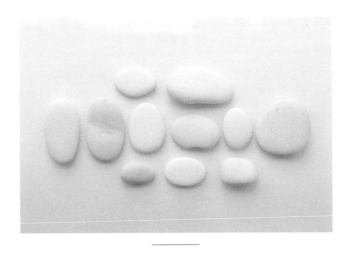

지우개 돌

말랑하고 부드러운 기억들

연락이 끊어진 지 수년 만에 만난
고등학교 때 친구가 생일에 맞춰 소포로 보내준 뉴질랜드 돌.

길이 잘 들어 한번 굴러가면 멈추지 않을 것 같은
그 시절 필통 속 지우개 같다.

말랑하고 부드러운 그때의 기억들과 닮아 있는
지우개 돌.

벌 팔찌

사람이 제일 무섭다

길가 벤치 아래 구슬이 있다.
아마도 팔찌의 끈이 끊어져
구슬들이 쏟아진 듯하다.

주울 때는 몰랐는데
자세하게 바라보니
구슬 안에 벌이 있다.
구슬 하나에 벌 한 마리씩이다.

벌의 미라 같다.
사람은 무섭다.

바람에 떨어진 나뭇가지들

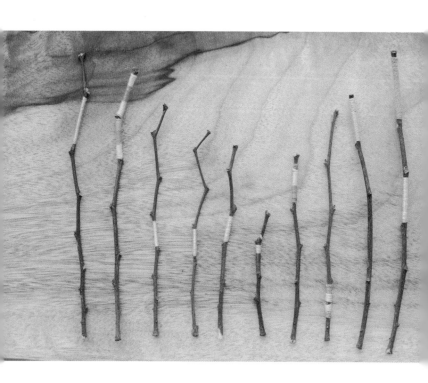

여리고 어려서
연약한 것들

새벽녘 비바람이 요란하더니
아침의 거리는 나뭇잎들과
잔가지들로 엉켜 있다.

여리고 작은 나무를 골라
그 아래에서 여리고 가는 나뭇가지들을 모았다.

세상에 나온 지
얼마 지나지 않은
여린 가지들을 주워와
붕대를 감듯 실을 감아주었다.

완벽한 이름을
가진 존재를 만나다

오로라 탁구공

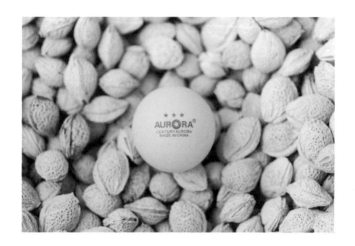

작명 센스가 좋다.

공의 색과 탁구공이라고

말할 때 주는 어감과

오로라 모두 한 몸 같다.

어쩐지 공을 치면

하늘로 올라가

오로라를 뿌릴 듯하다.

밤새 도대체
무슨 일이라도?

레고의 혈투

놀이터 옆을 지날 때 혹시나 하며 기웃거리다
구석 화단 쪽에서 다양한 원색의 조각들을 보았다.

한걸음에 가보니 대등한 실력의 고수가 밤새 싸움을 벌이고
둘 모두 최후를 맞이한 것 같은 형국이다.

주변의 널브러진 잔해들과 두 주인공들을 경건한 마음으로
모두 거두어주었다.

닭의장풀 꽃

여름 속을
헤엄치는 물고기

습한 그늘로 눈을 돌리다
마주친 닭의장풀 꽃.
두 눈을 껌뻑껌뻑, 입을 벌리자
뻐끔뻐끔 물방울이 올라온다.

습한 여름의
뒷산을
유영하는
닭의장풀.

오선지 위를 걷다

룰루루 음표

아무런 감정 없이 걷고 있었는데
발아래서 음표를 주워 올리고는
바로 발걸음이 달라졌다.

발걸음마다 음표가 붙어 박자를 탄다.
발아래 한 걸음 한 걸음이 음표라면
바닥은 오선지가 되는 건가?

나는 무슨 악기일까?
저벅저벅 느리게 걸으니
아무래도 베이스쯤이 될까?

그토록 용감해서 고마워

화살 세 개

화살 세 개가 몇 걸음 차를 두고
떨어져 있는 것을 따라가 주우면서
이 대범한 아이는 어떤 아이일까 상상했다.

내가 이 화살의 주인이라면
한번 쏘면 없어져버리는 화살이 아까워
길에서 쏜다는 것은 상상도 못했을 것이다.

하긴 대범한 아이가 있어야
내가 주울 수 있지…….
대범한 아이여, 고맙소!

199

다이아몬드 A

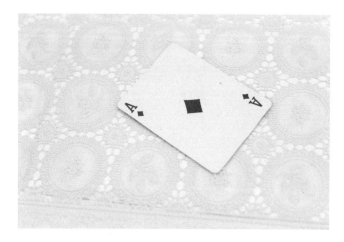

나만 알고 싶은 설렘

도서관 가는 언덕길,

저만치 앞에 보이는 카드는 뒤집어져 있었다.

몇 걸음만 걸으면 닿는 거리였지만,

그 짧은 순간에도 어떤 카드가 나올지 궁금했다.

괜히 떨려서 손바닥으로 카드를 집어 그대로 가방에 넣었다.

정작 어느 카드가 좋은 것인지 알지도 못하면서

어쩐지 금방 뒤집어 확인하면 시시해질 것 같아

집에 들어와 책상 위에 가방째 올리고는

경건한 마음으로 카드를 꺼내봤다.

사실 나는 그림이 많은 카드를 상상했었다.

역시나 텔레파시로

카드를 맞추는 마술은

마술사가 할 수 있는 것.

망사 해파리

바람을 따라 저만치 흘러갔다

집으로 오르는 엘리베이터 앞에 서서
멍하게 엘리베이터 숫자를 보고 있는데
바람이 일 때마다 등 뒤에서 무언가 움직이는 소리가 난다.

뒤돌아보니 바닥에 흰색 망 하나가 다가온다.
움직임이 필시 해파리!

복도에 바람이 일자 다시 물결을 타듯 스르륵 저만치 흘러간다.

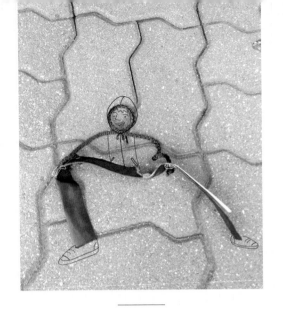

운동하는 손잡이

누군가에겐 쓰레기, 나에겐 보물

아파트 경비 아저씨는 어쩌면
나와 경쟁 관계에 있는지도 모르겠다.
조금만 늦으면 아파트 단지 바닥에 떨어진 나의 보물들은
아저씨가 들고 계신 쓰레받기 차지가 된다.
운 좋게도 새벽에 눈이 떠져 바로 달려 나갔더니
새벽 운동 중인 종이 가방 손잡이 청년과 마주쳤다.

아저씨가 곧 오실 겁니다.
나랑 같이 도망갑시다.

나까지 방심하지 말아야지.

　이런 그림자를 가지고 있는 것들을 쓰레기라고 생각하다니.

9
月

그곳에서
나를 생각해주었다면

친구의 여행지에서 함께 온 것들

해외에 나가 있거나 여행을 떠나는 친구에게
그곳에서 괜찮은 것을 보면 주워달라고 지령을 내린다.

물 건너온 것이
어느 해변의 조개껍데기이거나 돌맹이
혹은 어느 나무에서 떨어진 열매라면
얼마나 근사한지…….

그들이 여행에서
땅에 떨어진 것을 눈여겨보고
주울 수 있는 상황이라면
어쩐지 여유가 있거나
일종의 쓸쓸함 같은
감정이 있을 때가 아니었을까.

그 상황에서 작은 짬을 내서
내 생각을 하고 주워온 것이라면 좋겠다.

호랑나비 번데기 껍질

아직 너의 시간들을
상상할 수 없어서

동네 뒷산 산초나무에서 호랑나비 애벌레를 만난 후로 집으로
돌아와도 한쪽 신경은 산초나무 가지에게로 가 있다. 호랑나
비 애벌레가 새나 다른 벌레들에게 공격당하지 않고 잘 있는지,
번데기는 언제 나비가 될지⋯⋯. 궁금해서 아침만 되면 뒷산을
찾게 된다.

쭈그리고 앉아 번데기를 보고 있으면
어쩐지 주위의 모든 것들이 너무도 무섭고
어려운 시련같이 느껴진다.

좋게 들리던 새들의 소리도, 시원하게 느끼던 잎을 흔드는 바
람도, 옆으로 지나다니던 사람들의 움직임도, 운치 있던 빗방
울도⋯⋯. 바라보다 보면 번데기와 나의 구분이 사라지게 되곤
한다.

아침에 번데기를 보러 산에 올랐다가 번데기에서 갓 나와 가지
에 앉아 날개를 말리고 있는 호랑나비를 만났다.

눈에 보이지도 않을 크기의 알에서 나와 하늘을 나는 날개를 가
진 나비가 되는 순간까지 너의 시간들을 상상할 수도 없다.

감탄하면서도 한 손으로는 나비가 나간 빈 번데기를 챙겼다.

누군가의 순간을 맞춰보다

찢어진 사진

화단의 얕은 나무 아래 찢어진 종잇조각들이 있다.

문득 호기심이 발동해 찢어진 조각들을

하나둘 모으며 보니 그냥 종잇조각이 아니다.

어느 부부의 결혼식 사진 같다.

집에 돌아와 하나둘 퍼즐 맞추듯

사진을 맞춰보니 한복을 입고 찍은 사진이다.

물론 빈 조각들이 있어 정확한 사진이 되진 않는다.

그래서 한편으로 더 다행스럽다.

누군가의 찢어진 사진들을

맞추고 있자니 기분이 으스스하다.

별안간

사진을 버릴 때

맞출 수 없게

더 잘게 조각내서 버려야겠다는

다짐을 하게 된다.

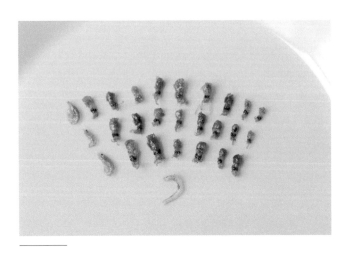

꼴뚜기

비밀요원은
예상하지 못한 곳에!

아침을 먹다 멸치조림을 흘렸다.
바닥을 닦다가 보니 멸치가 아닌 것이 보였다.
워낙 멸치가 잘아서 알아채지 못했는데
자세히 보니 새끼 꼴뚜기다.
멸치 사이사이 꼴뚜기들이 숨어 있었다.
어찌나 작은지 다리는 뭉쳐져서 보이지도 않는다.

멸치조림에 숨어 있던 비밀요원.
꼴뚜기 스물세 마리 새우 세 마리.

플라타너스 잎

억울해서
너덜너덜해진 마음

밤새 비바람이 불더니
도로를 커다란 플라타너스 잎들이 덮고 있다.

길에서 플라타너스 잎을 만나면 어쩐지 마음이 뜨끔하다.
매연 가득한 도로가에 심어진 것도 억울한데
봄이면 꽃가루로 구박받고,
겨울이면 무자비하게 가지치기를 당한다.
참다 참다 시위하듯 간밤에 한꺼번에 땅을 덮었다.

그런 플라타너스 잎이 발아래 있다.
녀석의 잎은 다 해졌다.

213

온몸에 힘을 빼고
바람에 몸을 맡기면

균형의 번데기

풀숲에서 번데기 하나를 만났다.
해마 같기도 하고
박쥐가 매달려 있는 것 같기도 한
형상의 번데기다.

매달려 있는 곳이 나무가 아니라
여린 풀의 줄기여서 바람이 일 때마다
요란하게 같이 움직였다.
그럼에도 신기하게 풀이 꺾이거나
번데기가 떨어지지 않았다.

바람을 탄다는 것은 이런 것이구나.
번데기 때부터 몸에 힘을 빼고
바람을 타며 균형을 잡다니.

이 정도는 되어야 날개 달고
하늘을 날 수 있는 것인지도 모르겠다.

송신 중인 로봇

가을 하늘은
다른 세계 같아서

가을 하늘.

걷다가 자꾸만 하늘을 올려보게 된다.

내 공간에 같이 있는 색이 아닌 것만 같아서

자꾸만 고개를 들어 하늘을 올려다보게 된다.

한참 가을 색을 구경하고는

고개를 내리다가 반짝이는 빛에 눈을 찡그렸다.

거울로 햇빛을 반사시켜

눈을 찡그리게 하는 장난을 치듯

가을볕을 외계로 송신 중이던 로봇과 눈이 마주쳤다.

지구 사람들은 눈에 빛을 받으면 얼굴을 찡그린다는

정보를 자기네 별로 보내고 있는지도 모른다.

찡그리지 말 걸 그랬나?

그림자로 말 거는 물건들

쓰레기로 오해할 뻔한 것들

누가 보면 쓰레기를 모아둔 것으로
여길 수도 있겠다고 생각하며
선반에 놓여 있는 주운 것들을 보았다.
그러자 마침 내 얘기를 듣기라도 한 것처럼
아침볕이 들었고,
그림자가 내려왔다.

그래 나까지 방심하지 말아야지.
이런 그림자를 가지고 있는 것들을
쓰레기라고 생각하다니.
아침볕이 정신 차리라고 채찍질을 한다.

도토리

그냥 보고만 있어도
귀여워

뒷산을 오르며 발아래 보이는
도토리를 하나둘 주웠다.

집에 돌아와 모아서 줄을 세워 보고 있자니
초등학교 조회 시간에 보던 아이들의 머리 같다.
하나하나에 시선을 맞추고
줄을 세우는 행동을 하고 있자니
자꾸 말을 걸게 된다.

도토리는 왜 이리 귀여운지 모르겠다.
그냥 보는 것만 해도 귀여운,
타고난 귀여움이 장착된 도토리.

낯선 동네, 반가운 만남

담비 스티커

처음 가보는 동네, 버스에서 내려 주변을 두리번거리며 방향을 잡지 못하고 갈팡질팡했다. 몇 블록 걷다가 다시 정류장으로 돌아와 처음부터 방향을 잡아보자고 마음을 다잡고 스마트폰 지도 앱을 보는 순간. 스마트폰 화면 뒤로 사슴 한 마리가 보였다. 어쩐지 어릴 적 즐겨보던 디즈니 동화책 속 담비의 실루엣. 앞발로 길 안내라도 해줄 듯한 포즈의 담비. 담비를 들어 올려 주머니에 넣으니 어딘지 모르게 든든해지는 마음이다.

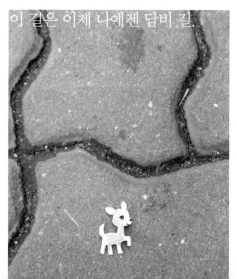

이 길은 이제 나에겐 담비 길.

사물에게 칭찬 받다

'대단해요' 스티커

지하철 역사에서 의자에 앉으려고 두리번거리다가
건너편 의자 위에 뭔가가 있는 것이 보여
앞서 걷는 사람을 제치며 빠른 동작으로
그 의자로 옮겨 앉았다.
필시 의자를 빼앗아 차지하는
게임을 하고 있는 모습이었을 것이다.
나름 최대한 자연스럽게 앉으며
바닥을 확인하니 곰이 칭찬한다.

대단해요!

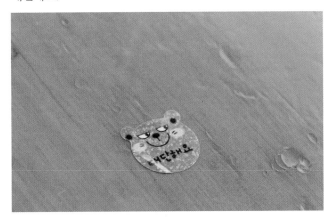

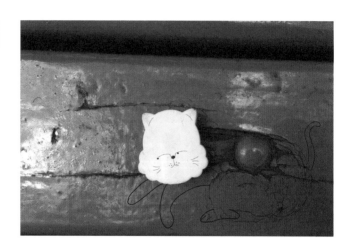

가을바람 곁에 앉아서

의자 위 고양이

아파트 단지 내에 있는 의자에
동네 어른들이 앉아 있는 일이 많아졌다.

이제 바람이
집에 들어가지 못하게
붙잡는 계절이 온 거다.

집에 들어가는 길.
잠깐 빈 의자에 앉아 길게 숨 한번 들이쉬는 찰나,
바람결에 어디선가 고양이 소리가 들렸다.

그러고 보니 의자 끝에
고양이 한 마리가 나를 올려다본다.
고양이와 함께 맞는 가을바람.

벌레 먹은 잎

예쁘거나
예쁘지 않거나

동네 뒷산을 다니게 되면서
산에서 그날 특별하게 눈에 들어오는
잎 한두 개 정도를 모아보기로 혼자 다짐을 했다.

잎들이 어느 정도 모이게 되면서부터는
그 다짐 때문에 산에 가는 것인지,
산에 가고 싶어서 가는 것인지
경계가 흐려지기도 한다.

더불어 나뭇잎을 보면서
예쁘거나 예쁘지 않은 것을
구분하던 경계도 흐려졌다.

이제
벌레 먹은 잎들을
따로 모으게 되었다.

주변의 사물들이 예사롭지 않다.

주변에서 내게 보내는 수많은 신호들이 있음을 다시 한 번 떠올려 보게 된다.

10
月

모두 그렇게 사라졌다

고동

재미있게도
태안 해안에는
만리포 옆에는 천리포가
천리포 옆에는 백리포가
백리포 옆에는 십리포가 있다.

백리포 해변에서 친구들과 돌을 줍다가
그 사이에서 무늬 있는 단추 같은 고동 껍데기들을 주웠다.
주운 고동 껍데기를 모래사장 위에
줄 세워 두고 사진을 찍어 확인한 후,
고동을 주우려고 다시 바닥을 내려다보니
모두 사라졌다.

고동 껍데기가 아니라
그냥 고동이었다.
눈뜨고 코 베인 날.

종이비행기

지나간 기억 속
풍경 위를 날다

줍고 보니 손으로 접은 종이비행기를
본 것 자체가 오랜만이다.

누군가가 손톱을 세워 종이를 눌러가며 자국을 만들고
접었을 것을 생각하며 종이비행기를 보고 있으니,
친구들과 교실 뒤 사물함 위에 앉아
누가 더 멀리 종이비행기를 날리는지
내기를 했던 기억이 떠올랐다.

누군가는 엎드려 자고 있고,
누군가는 사방으로 뛰어다니고 있고,
누군가는 도시락을 까먹고 있는,
부산스런 교실의 풍경과 소리와 냄새까지도 떠올랐다.

종이비행기가 날아가며 만드는 포물선을 따라
친구와 같이 고개를 끄덕거리던 모습까지
그동안 떠올리지 않았던 기억들이
눈앞에 보이는 듯 선명하게 떠올랐다.

몇 해 동안 한 번도 접지 않았어도
막상 접어보면 기억나는 종이비행기처럼
지난 기억들은 몸속에 저장되어 있나 보다.

함께하지 못했지만
함께 있었다

친구가 여행지에서 데리고 온 것들

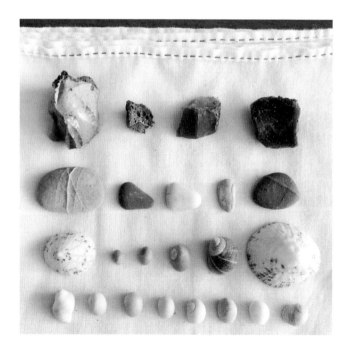

친구가 여행을 다녀왔다.
무엇보다 기대되는 것은 친구가 주워온 것이다.
그동안 내가 어찌나 강요를 했었는지
친구가 주워온 것은 풍성했다.

스웨덴 어느 숲속에서 주웠다는 광물 같은 재질의 돌들과
프랑스 어느 해변에서 주웠다는 소라와 조개의 껍데기들…….
꺼내서 쭉 펼쳐두고 보니, 내 심장까지 두근거린다.

'한 알의 모래에 세계가 다 있다'는
말이 새삼스럽게 떠올랐다.
화려한 색의 작은 소라 껍데기 하나에서,
무늬가 있는 돌멩이 하나에서,
내가 보지 못한 여러 그림들이 보이는 것만 같다.

가을의 보석 1

며느리배꼽 열매 + 작살나무 열매 + 노박덩굴 열매 + 쑥부쟁이

가을인지라 볕을 쬐고 있으면

들판의 식물이라도 된 듯

익어가는 느낌이 든다.

사람도 식물처럼

가을에 한 번씩

열매를 맺는다면 어떨까?

오늘 만난 식물의 열매들을 모았다.

사소한 용기

은단

전철에서 한참 졸다 눈을 떠 보니

텅 빈 앞자리에서 반짝이는 작은 상자가 눈길을 끌었다.

당장 가서 줍고 싶은데 내 옆자리에 앉아있는

사람들의 시선이 발목을 잡아 움직일 수가 없다.

한 역 한 역을 지날 때마다 속은 타들어 가는데

옆에 앉아있는 사람들은 내릴 기미도 없다.

그때 문이 열리고 한 아저씨가 들어오셨다.

아저씨도 상자를 보셨는지 상자가 있는 자리로

다가서서 앉으며 연속 동작으로 상자를 들어올렸다.

어찌나 거기에 집중했는지 그 순간

상자 안에서 작은 구슬들이 구르는 소리가 들렸다.

은단이다!

아저씨는 상자를 확인하고 다시 옆자리에 내려놓았다.

그때부터 눈으로 상자를 끌어올 기세로 째려봤다.

어떻게 손에 넣을지를 궁리하고 있자니

내릴 때가 더욱 빨리 다가왔다.

내릴 때가 다가오자 갈등은 최고조에 달았다.

미친 척 벌떡 일어나서 들고 올까?

내릴 때 집어 들고 뛰어내릴까?

종점까지 갈까?

포기하고 그냥 내리면

며칠 동안 괴로워하며 후회할 것이 뻔했다.

안내방송이 나올 때 일어나 모르는 척

은단이 있는 의자 쪽으로 붙어서

아무렇지 않게 사진을 찍으며 집어 올렸다.

은단이 맞다. 후회할 뻔했다.

잠깐의 용기가 며칠의 후회를 좌우한다.

———

기억/지움 버튼

내게 보내는
수많은 신호들

아파트 화단 화살나무 위에
눈에 익은 형태의 플라스틱이 하나 널려 있다.
위에서 던졌는지 리모컨 외관의 덮개는 사라지고
그 안 버튼들의 맨살이 그대로 드러나 있다.
그래서인지 눈에 익은 듯한 그 모습이 낯설게 느껴졌다.

마치 리모컨을 처음 보는 사람처럼
자판들을 유심히 바라보았다.
작은 버튼에 있는 글씨를 보니
단어들이 새롭게 다가왔다.
리모컨 자판의 단어들을 하나하나
가위로 오려 단어장처럼 만들었다.
그러곤 주변을 둘러본다.
전자 기기들에 새겨진 단어들을 천천히 보게 된다.

주변의 사물들이 예사롭지 않다.
주변에서 내게 보내는
수많은 신호들이 있음을
다시 한 번 떠올려 보게 된다.

기억/지움 버튼은
일기장 옆에 두었다.

우리는 모두 다르다

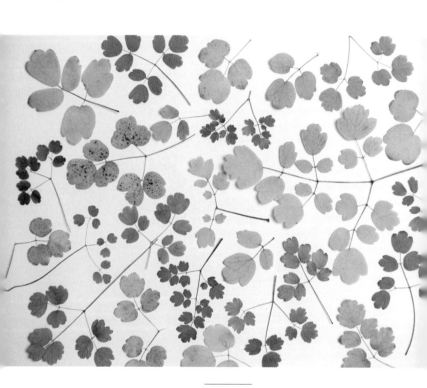

꿩의다리 잎

물욕은 많이 가질수록 점점 더 늘어난다고 하던데…….
꿩의다리 잎에 대한 내 욕심을 보면 그 말이 맞는 것 같다.
어차피 무덤가를 관리하는 분들에게 잘려나갈 운명이니
책 속에 담아 간직하는 거라고 변명을 해보지만,
해마다 점점 늘고 있다.

그렇지만 모아놓고 보니
같은 뿌리에서 나온 것임에도
잎의 모양이 조금씩 모두 다르다.

같은 이름이지만
모두 다른 잎.
생명이 있는 것은
같은 것이 없다.

산초 열매 + 노박덩굴 열매
작살나무 열매+삽주 씨앗
붓꽃 열매 + 가을볕

가을의
보석 2

십자가 묵주

기꺼이 나누는 고마운 마음

요즘 하는 작업들에 대해 이야기할 수 있는 자리가 있었다.
처음 만나는 사람들에게 줍는 것을 얘기하는 것이 쑥스러웠는데
얘기를 하다 보니 듣는 분들이 자신이 주운 것에 대해
이야기하시기도 하고,
내가 주운 것들에 대한 질문들을 주셔서
나름 즐거운 시간을 보낼 수 있었다.

그러다 한 분이 자신이 며칠 전
길에서 주운 것이 있다고 하시더니,
뭔가를 만들어 볼까 하고 주머니에 넣고 다니던
십자가 묵주의 일부를 내주셨다.

내가 줍는 것을 넘어서 이제는
처음 만나는 이에게서
주운 것을 받는 날이 왔다.

청띠신선나비 날개

잊을 수 없는 이름이 되었다

뒷산을 오르는 길 등산로를 따라
나비 한 마리가 눈길을 끌며 날아다녔다.
'청띠신선나비'였다.
사진기를 꺼내면
약 올리는 듯 한 발치 뒤로 숨고,
넣으면 코앞으로 날아다녔다.

결국 사진 찍기를 포기하고
나비를 따라 걸었다.
자주 다니는 길임에도
나비가 안내해서인지
다른 길처럼 느껴지기도 했다.

신기한 기분으로 정상을 올라
한참 쉬다가 일어서는데
발아래 나비 날개가 하나 보였다.
놀랍게도 청띠신선나비다.
이제 청띠신선나비의 이름은
잊어버리지 않을 것 같다.

나비에게
홀린 날.

그분을 만나다!

해리 포터

지금껏 주워오면서 느낀 것은
길에서 만들어진 질문의 답은
늘 길에 있다는 것이다.

그 모든 것들은 모두
누군가의 도움이 있어서 그런 거라고……
입버릇처럼 말하곤 했다.

오늘 결국 일이 일어났다.
그분을 길에서 만난 거다.
보이지 않는 손처럼
나를 도와주는 그분은 해리 포터였다.

모든 것이 변했지만, 기억하고 있다

은방울꽃 열매

산으로 오르는 길목에
빨간 열매가 보여서 일단 데려왔다.
책상에 두고 보고 있는데,
이상하게 줄기에 달린 열매의 배열이 낯익다.
어디선가 마주친 적이 있는 누군가의 얼굴처럼……

한참 그러고 있다 떠올랐다.
지난봄 꽃에 흥분하며 그렸던
은방울꽃의 그 배열이다.

너무도 화려했던 꽃도 잎도 줄기도
모두 마르고 색이 바랬지만,
신기하게도 꽃과 열매가
중첩되어 하나로 보였다.

낙엽

바람이 낙엽이 나를 불렀다

길을 걷는데
누군가 뒤에서
'툭툭' 어깨를 쳤다.
놀라 돌아보니 낙엽이다.

바람이 제법 불어서
작은 잎들임에도
누군가 부르는 것처럼
느낀 것 같다.

그대로
나를
어깨를
얼굴을
몸을
툭툭 친
잎들을
모아보았다.

바람이 맺어준 인연.

오늘 만난 얼굴

돌

오늘 하루 동안
장소를 옮길 때마다
보이는 돌을 주웠다.

길가 화단에서 하나,
횡단보도 앞에서 하나,
식당 앞 공터에서 하나…….

가방에서 주섬주섬 돌들을
꺼내 모아보니 얼굴이 나타났다.

오늘의 돌 얼굴.

문득

그간 주었던 물건들을 잃어버렸을 사람들을 생각했다.

11
月

청미래덩굴

있는 그대로 빛나는 존재

한번 마음의 환기도 필요한 듯해서
옆 동네 산으로 원정 수집을 갔다.
바로 옆 동네지만
처음 가는 곳이라 그런지
새로운 식물들이 눈에 더 띄었다.

청미래덩굴은 우리 동네 뒷산에서는
못 보던 것이라 유난히 예뻐 보였다.
덩굴 줄기와 색색의 열매들이 예뻐서 꽃꽂이를 하거나
잎을 떡과 함께 쌓아 같이 찌기도 한다지만,
나야 열매가 그냥 좋은 거니까…….

청미래덩굴 열매 자체만으로도
잘 만들어진 브로치 같다.
열매가 익은 순서대로 줄을 세우기도 하고,
이렇게 저렇게 배열만 바꿔가며 보기만 해도
그대로가 멋진 전시 같다.

자연의 것은 무언가를
만들거나 더하지 않아도
그냥 그대로가 가장 빛난다.

베란다 낙엽

초겨울, 따스한 볕이 드는 곳에서

베란다로 볕이 드는 아침 시간,
엄마가 베란다에 있던
식물들의 죽은 잎들과 가지들을 정리하셨다.

옆에 앉아 바라보다가
신문지 위에 정리된
잎들과 꽃들을 주워 담았다.

베란다에서 주운 하루치 낙엽.

UUWJYIORDQ

BVXROPGXGR

모르는 것은 모르는 채로

종이 암호

아파트로 올라오는 골목길에서 하나를 줍고,
열 걸음쯤 뒤에서 또 한 장을 주웠다.

UUWJYIORDQ
BVXROPGXGR

컴퓨터로 한 자 한 자 찍어가며 한글로 바꿔 써 봐도
종이를 위아래로 놓고 조합을 해봐도
거꾸로 읽어봐도 도통 모르겠다.

그나마 다행인 것은 가제트 형사의 지령 용지처럼
던져도 폭발진 않았다.

그랬던 그 시절이 그리워서

토끼 반지

아이들의 반지를 주워서 새끼손가락에 간신히 넣고는
하늘로 손을 들어 올려다본다.

토끼의 얼굴 표정에 눈이 간다.
이것을 잃어버린 아이의 표정도 저랬을까?

아이들이 먹는 과자가 더 맛있어 보이고,
아이들이 쓰는 연필이 더 잘 써지는 듯 보이고,
아이들이 그리는 그림이 훨씬 좋아 보이고…….
아이들 것은 이상하게 더 멋있어 보인다.

아이들의 물건들을 보면 그 시절의 나로 저절로 돌아가나 보다.

바람을 따라간 씨앗들은 어디로 갔을까?

박주가리 씨앗

옆으로 작은 천이 흐르는 도로변을
따라 걷는데 머리 위로 이는 바람을 따라서
흰색 벌레들이 날아가는 것이 보였다.
대수롭지 않게 생각하며
천을 따라 걷는데
마침 바람이 등 뒤로 일었다.

그때 알았다.
날파리 같던 것은
날개가 있는 씨앗이었다.

작은 천과 인도 사이에 있던
안전줄을 감고 늘어진
박주가리의 열매에서
씨앗이 날고 있는 것이었다.

익어서 바짝 마른 열매는 벌어졌고,
그 사이에 있던 씨앗들이 바람이 일 때마다
파도를 타듯이 공중으로 밀려 나갔다.
바람이 타고 나르는 씨앗 하나를
두 손으로 모아 잡고 주머니에 담아왔다.

풍선덩굴

빈틈없는 매력에 빠지다

처음 씨앗의 세계로 나를 이끈 것은 풍선덩굴이다.
열매의 외관은 한지로 만든 등처럼 생겼는데,
그것을 뜯어내면 그 안에 작은 씨앗들이 두세 개 들어 있다.

열매의 형태도 정교하고 그 안에 씨앗이
붙어 있는 구조도 어느 하나 빈틈이 없다.
게다가 열매에서 씨앗을 떼어내면
그 가운데 하트 무늬의 얼굴이 나온다.

검은색의 열매에 난 미색의 하트 무늬 얼굴과
마주친 이후로 풍선덩굴 씨앗에 빠졌다.
길을 다니며 한두 알씩 줍는 열매로는
욕심에 안차서 늘 목말랐다.

그걸 본 친구가 자신의 동네 미용실 앞
늘어져 방치된 풍선덩굴 열매를 줄기째로 보내주었다.
그렇게 열매에서 받아낸 씨앗은 몇 개의 용기에
가득 찰 만큼 많은데도 어쩐지 내 욕심은 다 차지 않는다.

풍선덩굴은
내 욕심의 결정체.

3일 만에 찾은 분홍이

나에게 온 물건들의
주인들을 생각했다

시내 산책 코스로 접어들어 걷는데
저만치 앞에 분홍색 플라스틱 조각이 블록 사이에 끼어 있다.
그런데 다가갈수록 느낌이 이상하다.
아는 사람을 시내에서 만났을 때의 느낌과 비슷하다.

손바닥 위에 올린 물건은
세상에나 며칠 전 가방에 넣고 다니며
바닥에 핀 꽃들과 함께 사진을 찍었던 분홍이다.
흙으로 작게 만들어 가방에 넣고 다녔었는데
아마도 며칠 전 시내에 나왔을 때 떨어뜨린 것 같다.
안 그래도 그날 가방 앞주머니에 넣으며 내심 불안해서
몇 번이고 걷다가 보곤 했는데 그날 일이 벌어졌나 보다.

길에서 주말을 보내 그사이 팔 한쪽이 떨어졌지만,
더 다치기 전에 만난 것만 해도 이미 한 편의 드라마다.
잃어버렸다 다시 만나서 그런지 우리는
더 끈끈한 사이가 되었다.

문득 그간 주웠던 물건들을 잃어버렸을 사람들을 생각했다.
잃어버렸던 누군가의 사연이 물건에 담겨 있었으니
내가 그것들을 그냥 지나칠 수가 없었던 것인지도 모르겠다.

흰 봉투에 얌전히 담긴 바다

산호를 주웠다.
바닷가에서가 아니라
동네 도로변 쓰레기 더미에서 주웠다.

어항 옆에 놓여 있는 것으로 봐서
아마도 어항에 넣었던 녀석들인 것 같다.
바다에서 주워와 어항에 넣고 보는
그런 취미도 있나 잠시 상상했다.

흰 봉투에 얌전하게 담겨 있어서,
게다가 사람들의 왕래가
많지 않은 곳이어서
내겐 천운이다.

옆에 쪼그리고 앉아서
모래사장에서 산호를 찾듯이
마음에 드는 녀석들을 골랐다.

사람들에게
'동네' 해수욕장에
다녀왔다고 해야겠다.

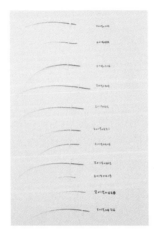

새롭게 생긴 버릇

우리 집 고양이 보노의 수염

고양이와 함께 살게 된 후로 생긴 버릇 중 하나는
집 안을 다니면서 수시로 바닥을 주시하게 된 것이다.
어디에 어떤 크기의 수염이 있을지 모르니
수시로 땅에 머리를 박고 옆으로 숙여
비스듬하게 바닥을 보곤 한다.

바닥에서 머리카락보다 짧은 보노의 수염을 발견하고
손가락을 꾹 눌러 수염을 집을 때의 짜릿함은
CSI 수사관의 것과 비등할 것만 같다.

꼭 돌려주고 싶은 물건을 만난 날

묵주

누군가의 손에서 길이 든 묵주를 주웠다.
주우면서도 어쩐지 마음이 무겁다.
손에 쥐어보니 마음까지 묵직해지는 것 같다.
손가락에 끼워 늘 몸에 지니고 다녔던 것 같은데
잃어버리고 어찌하셨을까?

제가 잘 보관하고 있겠어요.
잊지 못하고 찾고 계시다면 연락주세요.

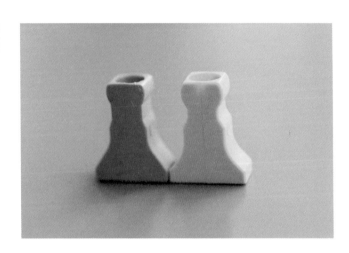

전봇대 아래서

아주 사소한 성취

막언하게 이이들 블록의 일부라고 생각했다.

처음은 골목의 전봇대 아래서 하나.

두 번째는 시내 인도와 차도의 경계에서 하나.

블록 마니아에게 자문을 구했으나

블록의 일부는 아닌 듯해서 발견 지점의 공통점이

전봇대 근처라는 것에 무게를 두고 관찰하기로 했다.

나란히 두 개를 세워두고 무엇의 일부였는지 상상한다.

줍는 것의 많은 매력 중의 하나는 이런 것이다.

하늘에서 떨어진 무언가를 두고

몇 시간이고 며칠이고

몇 달이고 상상할 수 있다는 것.

아주 사소한 것과도
얼마든지
눈빛 교환이 가능하고
이야기할 수도 있다.

누군지도 모르는 사람이 궁금해졌다

교복 미착용 확인증

세상에 요즘은 이런 것도 있구나.
3학년이라 비싼 교복을 다시 맞추기에는
부담스러우니 이런 대안이 만들어졌나 보다.
이제 내 손에 있는데 이 학생은 벌점을 받았을까?
아니면 살이 갑자기 불어나 교복이 맞지 않았다가
죽음의 다이어트로 다시 원래 몸으로 돌아가서 버린 건가?

별게 다 궁금하다.

누군지도 모르는 학생의 몸 상태가 궁금해진다.

나에게만 보이는 것

변신 산호

어느 순간 주워온 산호에서
동물의 형상이 입체적으로 보였다.

산호 위에
지점토로 앞다리 한 짝,
부리, 머리를 만들어 덧붙이고
그 부분엔 색을 넣었다.

산호와의 협업.

12
月

평소에 눈에
들어오지 않던
작은 것을
집중하고 바라보니,
게임에서 다음 단계로
넘어가는 퍼즐을 풀고
마침내 잠겨 있던 문이
열리는 것 같은
쾌감이 느껴졌다.

나는 이렇게 숨은
보물을 찾고 있는지도
모른다는 생각을 했다.

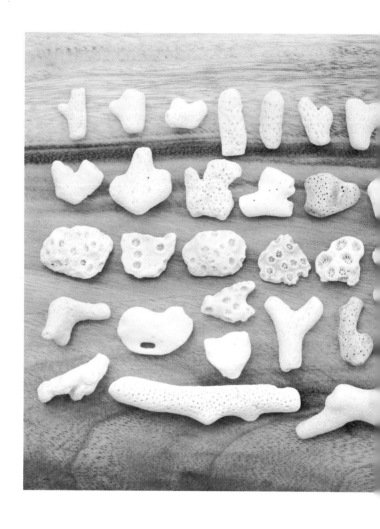

어느 바다에서 왔을까?
얼마나 많은 사람들의
동물들의 식물들의
자연의 손길을 거쳐서
이곳까지 왔을까?

그들이 여행에서
땅에 떨어진 것을
눈여겨보고
주울 수 있는 상황이라면
어쩐지 여유가 있거나
일종의 쓸쓸함 같은
감정이 있을 때가
아니었을까.

'한 알의 모래에
세계가 다 있다'는
말이 새삼스럽게
떠올랐다.
무늬가 있는
돌멩이 하나에서
내가 보지 못한
여러 그림들이
보이는 것만 같다.

사람도 식물처럼

가을에 한 번씩

열매를 맺는다면 어떨까?

길에서 주웠으니
어차피
내겐 다 보석이다.

같은 이름이지만
모두 다른 잎.

아주 사소한 것과도
얼마든지
눈빛 교환 가능하고
이야기할 수도 있다.

무엇을 만나게
될지는 모른다.
그저 매일 줍다 보면
질문들을 하게 되고,
답도 찾게 된다.

오늘, 작은 발견

초판 1쇄 인쇄 2016년 9월 10일
초판 1쇄 발행 2016년 9월 30일

지은이 공혜진 ┃ **펴낸이** 김종길 ┃ **펴낸 곳** 인디고
책임편집 이은지 ┃ **편집** 임현주, 이경숙, 이은지, 박성연, 김보라, 안아람,
디자인 정현주, 박경은 ┃ **마케팅** 박용철, 임우열 ┃ **홍보** 윤수연 ┃ **관리** 김유리
출판등록 1998년 12월 30일 제2013-000314호
주소 (121-840) 서울시 마포구 양화로 12길 8-6(서교동) 대륭빌딩 4층
전화 (02)998-7030 ┃ **팩스** (02)998-7924
이메일 bookmaster@geuldam.com ┃ **페이스북** www.facebook.com/geuldam4u
블로그 http://blog.naver.com/geuldam4u ┃ **인스타그램** geuldam

ISBN 979-11-5935-005-4 03810
책값은 뒤표지에 있습니다.

이 도서의 국립중앙도서관 출판시도서목록(CIP)은 e-CIP홈페이지(http://www.
nl.go.kr/ecip)와 국가자료공동목록시스템(http://www.nl.go.kr/kolisnet)에서 이용
하실 수 있습니다. (CIP 제어번호 : 2016020572)

글담출판에서는 참신한 발상, 따뜻한 시선을 가진 원고를 기다리고 있습니다. 원
고는 글담출판 블로그와 이메일을 이용해 보내주세요. 여러분의 소중한 경험과 지
식을 나누세요.
블로그 http://blog.naver.com/geuldam4u   **이메일** geuldam4u@naver.com